L'énigme du Petit Prince

『星の王子さま』の謎

Mino Hiroshi　三野博司 著

論創社

目次

凡例

一、『星の王子さま』からの引用は、論創社版の拙訳による。

二、サン＝テグジュペリの著作からの引用は、『サン＝テグジュペリ著作集』（みすず書房）により、引用文の末尾にその巻数とページ数を記した。ただし、必要に応じて最小限の範囲で訳文を変えさせていただいたところがある。

三、その他の著作からの引用は、引用文の末尾に著者名、（必要に応じて刊行年）、ページ数を記した。邦訳のあるものはそれを使わせていただいたが、必要に応じて訳文を変えたところがある。

はじめに

サン゠テグジュペリは、『星の王子さま』の冒頭に、作者による「言い訳」を置いた。それは、子ども向けの本をひとりのおとなに捧げることについての言い訳である。おそらくは私たちも言い訳をすることから始めなければならないだろう、このような天衣無縫とも形容しうる作品にさまざまな解釈をほどこすという、いささか乱暴な作業に着手することの言い訳を……。

オイゲン・ドレーヴァーマンは、「星の王子さまを解釈しようとする者はつねに〈バオバブ〉になってしまう恐れがある」（Drewermann, 11）と述べた。バオバブの木がやがて小さな星を破裂させてしまうように、あらゆる解釈はこの作品の詩的言語を破壊する行為なのだ。また、ジョイ・D・マリ・ロビンソンは、マクスウェル・スミスの次のような言葉を紹介して、それに賛意を表している。「これほど壊れやすく愛すべき物語を詳細にわたって分析するというのは、バラの魅力の謎を明らかにしようとして、その花弁をむしり取ってしまうようなものだ」（Robinson, 120）。

『星の王子さま』には大きな罠が仕掛けられている。後に見るように、ここには子ども対おとなどという二項対立が前提とされている。まず一方の子どもは外見にとらわれず、ものごとの本質をただちに見抜き、「いちばん大切なことは目に見えない」ことを理解している。もう一方のおとなは、数量化しなければものごとの価値を理解できず、いつも説明を必要としている。『星の王子さま』を解釈しようとする者は、すべてこのおとなの仲間入りをすることになり、作者から軽蔑されるだろう。いやその前に、何よりも王子さまから侮蔑されてしまうだろう。そして、王子さまを愛する読者として、これほど悲しいことはないのだ。そこで、読者は、いっさいの説明の努力を放棄して、ただひたすらに王子さまのかわいらしい童心や、その純粋さをほめたたえることで満足してしまうことになる。そして、そのことによって、自分自身はおとなではなく子どもの側に立っているような錯覚におちいり、その上で、おとなたちを批判できると思いこんでしまうのだ。

こうして『星の王子さま』を愛読するおとなたちは、自分の中の子どもへと退行することで、自分の純粋性を保持しているかのような気持ちになってしまう。自分だけを安全地帯において、おとなの世界の汚染から免れていると思いこむのである。こうした退行からは自己満足と精神の安逸が生まれることになるだろう。そして、『星の王子さま』がこうした錯覚をあたえる危険のある作品であることを、まず初めに私たちは確認しておいたほうがいいと思われる。

「おとなにはいつも説明が必要だから」と語り手のパイロットは読者に向かって言う。他方で、読者は、説明を必要としない、心で見ることのできる種族に属している者として語り手によって認証される。このようにして、作者は、語り手の声を通して、この珠玉の作品についての説明を封じてしまうのだ。「心で見ることのできる」読者には、いっさいの説明が不要なのであり、あれこれ説明を加えるのは、心で見ることのできない、つまり純粋な童心を失ったおとなたちだけなのだというように。「いちばん大切なものは目に見えない」。確かにそうであるかもしれない。だが、これは危険な言葉でもあるだろう。怠惰な精神の持ち主に対しては、自分の目で見る努力を放棄するように誘いかける甘言となるかもしれない。

というわけで、私たちの言い訳は、バオバブになる危険を冒すことになろうとも、正しい理解のためには解釈が必要であるというものである。「説明を必要とせず」「心で見ることのできる」子どもの側に立っていると錯覚することなく、この作品を分析し、説明し、解釈することを試みてみよう。

序章

『星の王子さま』は長短さまざまな二十七の章から成っているが、それらを順次検討する前に、パラテクストの考察から始めよう。パラテクストとは、テクスト（本文）に含まれず、その周縁にある表題、献辞、前書き、序文、作者略歴などを指し示す総称である。まず、この本の表紙には作者名サン＝テグジュペリと、表題『Le Petit Prince 小さな王子』が掲げられている。英訳本では The Little Prince である。日本語訳には、原題には見られない「星の」といういささかロマンチックな形容詞が冠せられているが、これは日本語初訳を行った内藤濯の卓抜な着想によるものである。（本書では、物語からの引用はすべて論創社版の拙訳によるが、そこにおいても表題については『星の王子さま』として、内藤訳を借用させていただいた）

この表題の下には、「著者自身による水彩画付」とあり、この本の挿絵が、著者であるサン＝

テグジュペリによって描かれたものであることが明記されている。実際、この表紙にも作者による絵が描かれている。灰色の小さな星、めだたない花や灌木らしきものが数本、煙を吹き出している火山らしきもの、その横に、ブロンドで、薄緑色の服の悲しげな面差しの少年が立っている。『星の王子さま』は、世界中の百か国語を越える言語によって翻訳されているが、しかし表題が読めなくても、表紙の絵を見ただけでこれが何の本であるかがわかるだろう。

続く扉ページには、今度は、渡り鳥に引かれて、宇宙空間を移動する少年の絵があらわれる。そこには、「僕が思うに、王子さまは星から逃げだすのに、渡り鳥を利用したのだ」と書かれていて、私たちはあとで、これが第九章の冒頭の文であることを知るだろう。そしてここから、この物語が、どうやら少年が自分の「星から逃げだす」話であるらしいと推測できる。

これらの絵は子どもらしいタッチで描かれていて、いかにもこれが児童向けの絵本であるという印象をあたえる。ニコル・ビアジョリは、「サン＝テグジュペリの絵は、その形態が子どもの絵に似ている。子どもの読者に理解されるために、作家はその絵の技術不足を必要としたのである」(Biagioli, 29) と述べている。実際、第一章では、語り手の絵を描く能力が六歳の水準にとどまってしまったことが語られ、また第三章において、彼は飛行機を描くことは自分にはむずかしすぎるといって拒むのである。

『フランス児童文学史』を著したフランソワ・カラデックは、「絵も会話もない本なんていったい何の役に立つのかしら」という不思議の国のアリスの言葉を引用した後で、次のように述べている。「一般には、挿絵は文章のあとで、文章に合わせて描かれる。その結果、絵は文章より早く古び、世代が若くなるごとに新しく変える必要がでてくる」（カラデック、30）。だが、『星の王子さま』の場合は、事情がいささか異なっている。まず第一に、この挿絵が古びることも、新しく変えられることも、絶対にありえない。さらに、これは文章より先に絵が描かれた稀な例であることを思い出しておく必要があるだろう。

ここで、『星の王子さま』が生まれるまでの経緯を簡単に述べておこう。一九三九年に第二次世界大戦が勃発すると、サン゠テグジュペリは偵察飛行隊に従軍するが、翌四〇年フランスがナチス・ドイツに降伏すると動員解除を受ける。同年末、アメリカの出版社から招きを受けた彼は、リスボンから乗船してアメリカに亡命することになる。だが、英語が得意でなく、アメリカ嫌いの彼にとっては、ニューヨークでの生活は不満の多いものとなった。しかも祖国フランスへの思いは募るばかりで、一日も早く戦線に復帰し、祖国のために戦うことを希求するようになる。そうした状況において、一九四二年『星の王子さま』が執筆されることになる。

一九三〇年代から、サン゠テグジュペリは、手紙や本の献辞を記したページ、レストランのテーブルクロスに、のちの王子さまとおぼしき少年の絵をいたずら書きのように描いていた。たとえば、一九三九年のレオン・ウェルト宛の手紙の中には、雲に乗った少年や羽をつけた少年の絵がいくつも描かれている（著作集9，82-83）。こうしたいくつかのデッサンから『星の王子さま』が誕生することになった。そのきっかけについては、二つの異なった証言がある。まずカーティス・ケイトによれば、一九四二年夏のこと、ある日ニューヨークのレストランでサン＝テグジュペリが昼食を摂っていたときに、友人のカーティス・ヒチコックが「この少年の物語を書くなんていうのはどうだい？……子ども向けの本にして？」（ケイト、下148）と提案した。この思いつきにサン＝テグジュペリはすっかり面食らったが、しかし、その種子はどんどん成長していった。もう一つの証言はステイシー・シフが伝えているものである。それによると、一九四二年六月、異国で失意の状態にあったサン＝テグジュペリに、エリザベス・レイナルが一冊の本の執筆を勧めることになる。彼女は、サン＝テグジュペリがいたずら書きのように描いていた少年を主人公にして、「子ども向けの本」を書けば、気も紛れるのではないかと思ったのである。彼女が「その案をそれとなく伝えたのはある夕食の席で、相手はただ黙って見つめ返しただけだったと言われている。彼女のアイディアを夫が昼食の際に伝えた、という説もある」（シフ、419）。果たして、昼食なのか夕食なのか、ヒチコックなのか、それともレイナルなのか、いずれにせよ、当時亡命地のニューヨークでサン＝テグジュペリを支援した友人たちの提案であったことは確かであるだろう。

こうして、この本は、子どもが描くような絵から生まれ、子ども向けの本として企画された。一九四二年のクリスマスに刊行される予定だったが、完成が遅れて翌四三年四月に店頭に並んだ。だが、果たして完成した本は子ども向けであったのだろうか。この問題については、これから検討することにしよう。

続いてページをめくると、私たちが目にするのは「レオン・ウェルトへの献辞」である。

この本をひとりのおとなに捧げたことを、子どもたちには許してほしい。だが、僕には確かな言い訳があるのだ。そのおとなは、僕がこの世で得た最良の友人なんだ。もう一つ別の言い訳もある。そのおとなはすべてを、たとえそれが子ども向けの本であっても理解できる人なんだ。それに、僕には三つ目の言い訳もある。そのおとなは、いまフランスに住んでいて、飢えと寒さに苦しんでいる。彼にはどうしても慰めが必要なんだ。もし、これで言い訳がまだ充分でないなら、このおとなも昔は子どもだったのだから、その子どもに僕はこの本を捧げたいと思う。どんなおとなたちも、初めは子どもだったのだ（ただ、それを覚えている人はほとんどいない）。だから、僕は献辞を次のように訂正しよう。

小さな少年だった頃のレオン・ウェルトに

「レオン・ウェルトに」と書き始められた献辞は、最後には「小さな少年だった頃のレオン・ウェルトに」へと改められる。マリーズ・ブリュモンはこれを「論証型のテクスト」であると述べている。「献呈されている相手は間違いなくおとなである。しかし、この本の読み手には子どもが想定されている。この矛盾を解決するために、作者は策略を使うことを余儀なくされる」

(Brumont, 15)。ここでは子ども向けの本をおとなに献じたことの言い訳が三つ提示される。第一に彼は著者にとって最良の友人なのであり、第二に彼は子どもの本も理解できる人であり、そして第三に、彼はいまフランスにいて飢えと寒さに苦しんでおり、慰めを必要としているのである。だが実は、あとでわかるように、彼は飢えと寒さ以上に、何よりも自由を奪われていることに、すなわち「人質」であることに苦しんでいるのだ。

そして作者は、この三つの言い訳でも充分でないならと、次には献辞そのものを書き改める。そこで、かつて子どもだったおとなの読者は、子どもだったときの自分にこの本が差し向けられていると思うことになる。ここでは、子どもとおとなという二つの語が何度か用いられて、基本的な対立を示しているが、この二項対立は、今後この本のなかでくり返しあらわれることになるだろう。

ところで、サン゠テグジュペリは、自分の本を友人たちに献呈する習慣があった。『夜間飛行』はリヴィエールのモデルであったディディエ・ドーラに、『戦う操縦士』はアリアス少佐をはじめとするすべての戦友に、『人間の大地』はアンリ・ギヨメに、そして『星の王子さま』はレオン・ウェルトに捧げられている。ウェルトは、サン゠テグジュペリより二十二歳年長のユダヤ系フランス人の友人であった。一九三五年に二人が知り合ったとき、ウェルトはすでに六〇歳近かったが、サン゠テグジュペリはこの革命思想の信奉者に親近感を抱くことになる。以後、二人は年齢や出自の違いを越えて深い友情で結ばれることになり、アメリカに亡命したサン゠テグジュペリは、祖国に残って困難な状況を生きているレオン・ウェルトに思いを寄せるのである。『星の王子さま』を彼に献じたあと、サン゠テグジュペリはさらに一九四三年六月、ウェルトのために『ある人質への手紙』を書いている。ここで言う人質とは、ナチス・ドイツの占領下にある祖国フランスの人々であり、それは「四千万人の人質」なのである。「わたしがまた戦うとすれば、いくぶんかはきみのために戦うことになるだろう。（……）わたしたち、海外にあるフランス人にとって、現在の戦争において重要とされているのは、ドイツ軍の存在という雪によって凍りついてしまった種子の貯えを解氷させることだ。きみたち、かなたにいるきみたちを救うことだ。きみたちが根を張る基本的権利を持っている土地で、君たちを自由にすることだ。きみたちは四千万人の人質だ」（著作集１０、209）。亡命の地ニューヨークにあって、サン゠テグジュペリは祖国の友人を、そして四千万人の人質を忘れることはない。そして、その友人のために戦場に復帰し、ふたたび戦わなければならないと考えている。

『星の王子さま』冒頭に掲げられたウェルトへの献辞の中で、子どものための本をおとなに献ずることについて作者はいささかまわりくどく弁明をしているが、しかし、ここには祖国フランスへの想いが表明されている。慰めを必要としている友人のために、彼はこの本を書いたのであり、慰めとはこの物語の主要主題の一つでもある。そして、この手の込んだ言い訳を通して、その裏に隠されたもう一つの言い訳があるのに私たちは気づくだろう。それは、祖国から遠くはなれた亡命の地において、一見したところ時局とはかかわりのない本を書くことに対する釈明である。しかしながら同時に作者は、これから私たちが見るように、この子ども向けの本の中に祖国フランスへの痛切な思いを託すことを試みているのである。

第一章

ウェルトへの献辞が書かれたページを繰ってみて、次に私たちが目にするのは、熊のような野獣を呑み込もうとしている大蛇《ボア》の絵である。ここから第一章（論創社版ではアラビア数字）が始まる。

六歳の時、僕はすばらしい挿絵を一度見たことがある。それは『ほんとうにあった話』という題名の、原生林について書かれた本の中にあった。いまにも野獣を呑みこもうとする大蛇《ボア》が描かれていた。これが、その絵の模写なんだ。

この物語は、まず初めに挿絵が提示され、次にそれについての説明をおこなうという形で本文が続く。ここでは、挿絵が主であり、本文が従である。実際この本に収録された二十二枚（そのうち大半の十五枚が色刷りである）の挿絵のうち、たんに物語の添え物にすぎない絵もあるが、なかには本文と同等の重要性をもつ絵も数多い。

本文は「六歳の時」と始まる。一人称の語り手が六歳の時の回想から始めるという自伝的物語のスタイルである。すでに私たちは、「レオン・ウェルトへの献辞」において一人称の語り手「僕」に出会っているが、それは明らかにサン＝テグジュペリ自身を指していた。しかし、ページを繰って、「六歳の時、僕は……」によって物語が始まると、この「僕」をただちに作者と同一視することはさし控えなければならない。確かに、『星の王子さま』では、語り手のパイロットと作者サン＝テグジュペリの距離はかなり近く、これをまったく同一視している論者も多いが、ひとまずこの両者を区別して考えよう。しかし、ここで一つの問題にぶつかってしまう。表紙には、すでに見たように、「作者自身による挿絵」と書かれており、そして物語の中では、語り手がこれらの絵を描いたことになっている。すると、作者と語り手が、挿絵を仲介にして、同一人物ということになってしまうのである。しかしながら、表紙に記された挿絵の作者名は出版上の約束事の問題であって、ひとたび物語が始まれば、私たちは虚構としての語り手である「僕」がこれらの絵を描いたのだと了解することができるだろう。

そこで語り手は、六歳のときに、「自分でも色鉛筆を使って、僕の最初のデッサンを描きあげることに成功した」。デッサン第一号が提示されたあと、物語は次のように続いている。

僕はこの傑作をおとなたちに見せて、僕のデッサン、怖くない？　とたずねた。するとと彼らは答えたものだ。「どうして帽子が怖いんだね？」

デッサン第一号しか目にしない私たちは、おとなたちと同様に、どうして帽子が怖いのかと思うだろう。しかし、ページを繰ってみると（論創社版では同一ページ）、意外な展開に私たちは出会うことになり、そこに掲げられたデッサン第二号を見て納得するのだ。

それは帽子の絵じゃなかった。ゾウを消化している大蛇《ボア》の絵だった。そこで僕は、おとなにもわかるように、大蛇《ボア》のからだの中の絵を描いたんだ。彼らにはいつも説明が必要だからね。僕のデッサン第二号はこんなふうだった。

こうして、大蛇《ボア》の体内に象が呑み込まれている絵が提示される。だが、それでも、このいささか稚拙な絵を見て、私たちはその子どもらしい発想にほほえむことはあっても、怖いと思うことはまずないだろう。ところが、語り手の話を聞いているうちに、次第に彼の意見に共感するようになっていくのである。おとなたちは、彼に「大蛇《ボア》の絵など放っておいて、それより地理や、歴史や、算数や、文法に励みなさい」と忠告した。そこで、彼は「六歳の時に、画家になるというすばらしい人生を諦めた」のである。

おとなは自分たちだけでは何も理解することができない。それに子どもにとっては疲れることなんだ、いつもいつも彼らに説明するっていうのは……。

ここで、私たち自身が、デッサン第一号だけでは何も理解できなかったことをすっかり忘れて、いつもいつもおとなに説明するってたいへんだ、と思ってしまう。語り手は巧みに、読者を自分の味方に引き入れるのだ。読者は、ものわかりの悪いおとなたちとは違って、自分は帽子（大蛇《ボア》）の中まで見通すことのできる人たちの側にいるものだと、思いこんでしまう。このデッサン第一号および第二号を通して、読者は選ばれた人々の仲間に入り、そこで語り手と読者の暗黙の了解が成り立つのである。

こうして物語は子供時代から始まるが、しかし同世代の子どもについてはいっさい語られることなく、いきなり子ども対おとなの構図が導入される。子ども時代の語り手はこの大蛇《ボア》の絵に恐怖を抱いた。だから、彼はそれをおとなに見せて「怖くない？」とたずねるのだが、しかし彼が感じ取った恐怖をおとなたちは理解しないのである。彼が感じ取った恐怖とは何なのか。当時の歴史情況に照らし合わせて、この野獣を呑み込む大蛇《ボア》は周辺諸国を侵略するドイツである（塚崎、13）とか、あるいは作者サン＝テグジュペリに対する精神分析的解釈によって、子どもを呑み込む母親である（Drewermann, 81）とかの解釈もある。しかし、ここで重要なのは恐怖そのものというよりも、大蛇《ボア》の体内が見通せるかどうか、説明抜きでそのことを理解できるかどうか、という点だろう。G・ル・イールが言うように、「かくして、〈中の見えない大蛇《ボア》〉と〈中の見える大蛇《ボア》〉の二つのデッサンは、容器と中味、人目を惑わす外形と、それが密かに閉じこめている内的現実との弁証法を表している」（Le Hir, G., 281）のである。

そこで僕は仕方なく、別の仕事を選んで飛行機の操縦を覚えた。世界中のあちこちを飛びまわった。そして地理を学んだことは、まさしく、おおいに助けとなった。ひとめ見ただけで、中国とアリゾナ州を見分けることができたんだ。夜間に航路を見失った時には、これはとても役に立つよ。

語り手は、六歳以後のことについては簡単に要約してしまう。彼は、作者サン＝テグジュペリと同様に、パイロットになったのだ。中国とアリゾナ州を見分けることへの言及は、おとなの勧める学問である地理を学んだことへの揶揄である。ここには、作者自身の少年時代の体験が反映されていると、シフは言う。聖ヨハネ学院において、サン＝テグジュペリの「地理の成績は二年間クラス最低、彼はそれを忘れられなかった」（シフ、67）のであり、そのことが地理学への皮肉となってあらわれているのである。

こうして、僕の人生において、たくさんのまじめな人々と出会うたくさんの機会を得た。ずいぶんとおとなたちの間にまじって生活もしてきた。間近から彼らを観察することもできた。それでも僕の考えはたいして変わることはなかった。

少しでも聡明そうなおとなに出会った時は、大事にとっておいた僕のデッサン第一号を試してみた。その人がほんとうに理解できる人なのか知りたかったんだ。でも、いつも同じ答えが返ってきた。「これは帽子さ」。だから僕は、彼には大蛇《ボア》のことも、原生林のことも、星々のことも話すことはなかった。相手に合わせて、ブリッジや、ゴルフや、政治や、ネクタイの話をした。するとそのおとなは、こんなにも良識ある人物と知り合えたことを、たいそう喜んだ……。

「たくさんのまじめな人々」とは、物わかりの悪いおとなのことであり、後にしばしば見られるように、「まじめな（sérieux）」という形容詞がおとなに対して使われるときは、ある種の揶揄のニュアンスをともなっている。そして、語り手は、おとなたちのあいだで生きてきたのであり、ここでも、同世代の子どもや少年たちのことはいっさい問題とならない。つねに、子ども（しかも語り手ただひとり）対おとな（複数）の構図で語られるのである。

話題についても、子どもたちの話題である大蛇《ボア》、原生林、星々のことに対置して、ブリッジ、ゴルフ、政治、ネクタイとおとなたちの話題が並べられる。ここで、大蛇《ボア》、原生林とすでにこの章の冒頭からの話題の次に、いきなり「星」があらわれるが、これは物語のこれからの展開を予示しているようである。また、この話題は、ただ単に子どもとおとなの対立ではないことがわかる。大蛇《ボア》、原生林、星はすべての子どもたちに共通の話題であるだろうが、ブリッジ、ゴルフ、政治、ネクタイは、必ずしもすべてのおとなに共通の話題ではないからである。まず、ここからは一般的に言って、女性が排除されるだろう。この物語の書かれた時代を考慮すれば、今日以上にそうであると思われる。また、これらの話題は、農漁民、商人、工員といった人たちともほとんど無縁のものであるだろう。すなわち、これらの話題はとりわけビジネスマン、それも高い社会階層に属するビジネスマンにふさわしいものである。さらに、この四つの中に、ブリッジ(bridge)、ゴルフ(golf)と二つも英語が含まれているからには、これは当時サン＝テグジュペリが身近に観察していたアメリカのビジネスマンの話題であるだろう。こうして、子どもとおとなの対比が提示される中で、そのおとなのイメージは特定されたものであることに注目する必要がある。

物語の導入部としての第一章が果たす役割は、語り手の「僕」が読者との契約を結ぶことである。おとなの語り手が、自分の子供時代の話から始めることによって、子どもたちの心をつかもうとする。しかも、のちに述べるように、おとぎ話の「むかし、むかし、あるところに」の語りを避けることによって、おとなの読者にも拒否反応を起こさせないようにするのだ。ビアジョリは、こう述べている。「第一章は、サルトルの『言葉』やサロートの『幼年時代』のように、子供時代の回想という自伝的ジャンルに属している（……）子供時代を回想する自伝の語り手は、まさしく〈かつて子どもであったことをおぼえているおとな〉なのである」(Biagioli, 30)。

第二章

導入部の性格をもつ第一章に続いて、第二章から六年前の砂漠での物語が始まる。

こんなふうに、六年前、サハラ砂漠に不時着するまでは、ほんとうに心を許して話し合える友人もなく、僕は孤独に生きてきた。僕のエンジンの中で、何かが壊れてしまったのだ。機関士も、乗客も同乗していなかったから、むずかしい修理をひとりでやりとげるつもりだった。僕にとっては生死にかかわる問題だったのだ。飲み水はかろうじて一週間分あるだけだった。

ここで、物語の時（六年前）と場所（サハラ砂漠）が提示される。これを作者サン＝テグジュペリとの関わりで見ると、『星の王子さま』の執筆が一九四二年であるから、その六年前は一九三六年にあたる。その前年末、一九三五年一二月三〇日、サン＝テグジュペリは、パリ―サイゴン飛行の途中、リビア国境の東、エジプト領内の砂漠に墜落した。『人間の大地』によると、「水のタンクが破裂して、砂がすべてを飲んでしまっていた」。彼が事故機の残骸から拾い上げたのは、「コーヒー二分の一リットル、白葡萄酒四分の一リットル、葡萄が少しとオレンジ一個」（著作集1、265）だけだった。彼は、同乗していた機関士プレヴォーとともに、のどの渇きに苦しみながら、砂漠を四日間さまよい歩いたあと、ベドウィン人に出会って救出された。

他方でサハラ砂漠については、サン＝テグジュペリは、一九二七年から一年半の間、三方をサハラ砂漠に囲まれたキャップ・デュビーの飛行場長を任されたことがある。レオン・ウェルトのために書かれた『ある人質への手紙』の中でも、サハラ砂漠の体験が回想されている。「多くの人たちにつづいて、わたしもまた砂漠の魔術について考えてきた。サハラ砂漠での生活を経験してきた者はだれでも、外見はすべて孤独と欠乏にほかならなかったのに、それらの歳月を、自分が生きた最良の歳月として哀惜の涙を流す」（著作集10、191）。

ところで、物語のなかの語り手は、この六年前まで、「ほんとうに心を許して話し合える友人もなく、僕は孤独に生きてきた」と言う。このことは裏返せば、六年前、砂漠の中の絶対的孤立の状況で、真に語り合える友と出会う機会があったことを意味しているだろう。ここにすでに孤独の主題と、友人の探索の主題が提示されてくる。

ここで語り手は、「僕のエンジンの中で、何かが壊れてしまった」と述べている。これは厳密には「僕の飛行機のエンジン」となるべきところである。だが、「僕のエンジン……」という表現について、これを語り手の心のなかで何かが壊れたのだとする解釈もある。イヴ・ル・イールは、これを著者の魂そのものの故障、霊的混乱のイメージを表したものととらえた（Le Hir, Y., 48-49)。アンドレ・ドゥヴォーはこれに異議を唱えたが（ドゥヴォー、75)、反対にイヴ・モナンは『人間の大地』からの一節、「わたしの心臓は故障してしまった」（著作集1、181）を引用して、イールの解釈を受け入れている（Monin, 102)。確かに、この不時着事故は語り手の精神的な危機をも暗示しているように思われるのであり、そうした魂の渇望に応答するようにして不思議な少年が現出するのである。


最初の夜、人が住んでいる土地から千マイルも離れた砂の上で、僕は眠りに落ちた。筏に乗って大海の真っ只中に投げだされた遭難者よりも孤独だった。だから、夜が明けるころ、なんともいえないかわいい声で起こされた時、僕がどんなに驚いたか、君たちにも想像してもらえるだろう。その声はこう言ったんだ……。

「お願いです……ぼくにヒツジの絵をかいて！」

「なんだって！」

「ヒツジの絵をかいて……」

すでに語り手は読者との契約を交わしているが、しかしここで初めて、「君たちにも想像してもらえるだろう」と、読者への二人称による直接的な語りかけがなされる。ブリュモンが述べているように、「冒頭からかわされた読書契約がたえず更新されることによって、語り手と読者のあいだにいっそう強い絆がむすばれていく」(Brumont, 22) のであり、このあと、いくつかの章において「君たち」という呼びかけがくり返されることになる。

ここでは、まず初めに声がある。語り手の不安な眠りを破って、その声は前置きもなく、挨拶のことばもなく、いきなり絶対的な命令の形で発せられる。人が住む土地から無限に遠く隔たったところで、唯一の命の頼りのエンジンが故障し、寄る辺ない境涯において声が聞こえてくる。砂漠のただ中で、最初の夜、不安と絶望が交錯する夜を過ごしたあと、その夜が明ける頃、日が昇りまた一日が始まるとき一つの声がはっきりと耳元で聞こえる。

これが出会いである。それはすでに存在していた少年を語り手の「僕」が発見するのではない。この声こそが、少年を創造するのだ。しかし、この声は、それを聞きとる相手を持たなければ、砂漠にむなしくひびくだけであるだろう。少年の呼びかけが、語り手の眠りを破って聞き入れられてこそ、その声は一つの意味をもつことになる。発信者と受信者がここで初めて定位されるのである。

この少年は語り手に一つの奉仕を命ずるが、この命令は絶対的なものとして提示されているように思える。彼に絵を描く能力があるかどうかを問わず、飛行機の修理にとりかからなければならないことを考慮せず、語り手の側の個別の状況を意に介さない絶対的な命令である。超越的な世界からやってきたようなこうした命令には、ひとは従うしかないだろう。

少年は「お願いです……ぼくにヒツジの絵をかいて!」と言う。この前半の「お願いです S'il vous plaît」は、丁寧な依頼表現だが、少し中断したあとの「ぼくにヒツジの絵をかいて dessine-moi un mouton」は親しい間柄で使う言い方に変わっている。そしてこの命令は、「かく」という行為を要請すると同時に、その間接目的語である「ぼくに」によって描く行為の受益者である少年を明示化し、さらに直接目的語である「ヒツジ」によって描く対象を一つの主題として提示する。この「ヒツジ」という言葉が、次にはヒツジにまつわる物語、すなわちバオバブの物語、さらにはバラの物語を産み出すことになる。こうしてつぎつぎと増殖した物語は、一篇の「星の王子さま」と題される物語になるだろう。私たちは、ここで物語の誕生の現場に立ち会っているといえる。

まず声に驚かされた語り手は、次にこの声の主の姿をしっかりと見る。

まるで雷に打たれたみたいに、僕は飛び起きた。目をよくよくこすってみた。しっかりと見つめた。で、そこに見えたのは、とても風変わりな小さい男の子が深刻な顔をして、こちらをじっと見ている姿だった。のちになって描いた彼の肖像画の中で、いちばんよくできたものをここに掲げよう。ほんとうのところ、僕のデッサンは、実物よりもずっと魅力に乏しいものだ。でもそれは、僕のせいじゃない。六歳の時に、おとなのせいで、画家になる夢を砕かれてしまったのだから。これまで僕が描くことができた絵といえば、中の見えない大蛇《ボア》と、見える大蛇《ボア》、それだけなんだ。

語り手が見たのは「とても風変わりな小さい男の子」の姿である。彼は、私たち読者に対して、この坊やの姿を言葉で説明するのではなく、まず絵で示そうとする。実は、私たちはすでに表紙や扉に描かれていた少年の絵を知っているが、それは物語内の語り手にとってはあずかり知らぬことだ。ここで語り手は、少年の肖像の中でいちばんよくできたものを掲げるのである。

それで僕は、驚いて目を丸くして、このあらわれ出たまぼろしを見つめた。忘れないでほしいのだが、僕は、人の住んでいるところから千マイルも離れた場所にいたのだ。ところで、この小さな男の子は、途方に暮れているふうでもなく、疲労や、飢えや、渇きや、恐怖で死にかけているようにも見えなかった。人の住んでいるところから千マイルも離れた砂漠の真ん中で、迷子になっているふうでもなかった。ようやく口がきけるようになると、僕は彼に言った。

「でも……ここで何をしているんだい？」

するると、彼はとても重大なことを告げるかのように、静かに、くりかえした。

「お願いです……ヒツジの絵をかいて……」


砂漠の真ん中で、飢えや渇きや恐れとは無縁の妖精のような少年があらわれる。この出会いは、いわゆる「妖精との出会い（フェアリー・エンカウンター）」の一種とみなすことができる。妖精との出会いは共同体が外界と接する場所で生じるのが通例である。かつては村の縁辺や森の中などであったが、ここでは砂漠がそうした異世界との交流の場所となっている。

「千マイルも離れた」がくり返され、この場所の孤絶性が強調される。千マイルには、フランス語で mille milles（ミルミル）という音の遊びがみられ、これは砂漠にどこまでも広がる砂を想起させるようでもある。

少年を見て、語り手が最初に発する言葉は「ここで何をしているんだい？」である。しかし、相手はそれには答えず、「お願いです……ヒツジの絵をかいて」とくり返すばかりだ。そして、「神秘があまりにも感動的な時には、それに逆らおうという気にはなれないもの」だから、語り手はポケットから一枚の紙と万年筆を取り出して、彼に描ける二枚だけの絵の一つ、すなわち「中の見えない大蛇《ボア》の絵」を描く。

すると、小さな男の子がこんなふうに言うのを聞いて、僕は仰天してしまった。

「ちがう！　ちがうよ！　大蛇《ボア》に呑みこまれたゾウなんかほしくないよ。大蛇《ボア》はとても危険だし、ゾウはとても邪魔になる。ぼくのところは、とっても小さいんだ。ヒツジが一匹、ほしいんだよ。ヒツジの絵をかいてよ」

語り手は、少年に、体内の見えない大蛇《ボア》の絵を、ただうるさい要求を厄介払いするためだけに、かつてそこに込めた意味をほのめかすことなく、質問もつけ加えることなく描いて見せる。しかし、少年はただちにその中味を見抜いてしまうのであり、ここで初めて語り手はデッサン第一号を理解する人物と出会う。この風変わりな男の子は、語り手の友だちとなる資格試験にいとも簡単に合格するのである。

少年は大蛇《ボア》ではなくヒツジが一匹必要なんだと、なおもヒツジの絵をせがむので、語り手は一枚の絵を描いて見せる。すると、相手は、「これはもう重い病気にかかっている。別のをかいてよ」と言う。次にもう一枚描くと、今度は「これはヒツジじゃない。乱暴な牡ヒツジだよ。角が生えているだろ……」との返事。この少年が「ヒツジの絵」を求めるとき、それは mouton であり、これは一般に羊を意味することもあるが特に去勢した牡羊をさす語である。そして、ここで「牡ヒツジ」と訳したのは bélier であり、これは去勢しない牡羊を意味する。だからこそ、少年はこれを拒絶するのだ。そして、語り手が描いた三枚目の絵も「それは歳をとりすぎているよ」と言って、はねつけられてしまう。

ここでは、描くことを創造行為になぞらえている。この少年は、絵に描かれたヒツジと、現実に存在するヒツジとのあいだに相違を認めない。そして、語り手もまた、こうした認識をそのまま受け入れている。ヒツジを描くことは、神が動物を作り出したように、ヒツジを存在させることと、産み出すことなのである。

その時、僕はエンジンの修理をはじめようと気が急いていたので、忍耐も限界にきて、こんな絵をぞんざいに描きあげた。

そして、ぶっきらぼうに言ったのだ。

「箱だ。君のほしいヒツジは、この中だ」

ところが、なんとも驚いたことに、僕の小さな審判者の顔が輝いた。

「ちょうどこんなのがほしかったんだ！　このヒツジにはたくさんの草が要ると思うかい？」

「どうしてそんなことを訊くんだい？」

「ぼくのところはとっても小さいから……」

「きっと大丈夫だよ。君にあげたのは、とても小さなヒツジだから」

彼はデッサンをのぞきこんで言った。

「そんなに小さくはないよ……おや！　眠ってしまったよ……」

こうして僕は、小さな王子さまと出会ったのだ。

少年は「大蛇《ボア》の中の象」も、「箱の中のヒツジ」も簡単に見通してしまう。ここにすでに、大切なものは目に見えないという主題と、中味を見抜くことのできるのはおとなではなく子どもであるという主題が提示されている。

この風変わりな男の子が登場するまでは、この物語にはファンタジーの要素は見られず、おとなへの揶揄のみであり、これは風刺物語のジャンルに属するだろう。ところが、少年があらわれて以後は、語り手にとっては驚きの連続であり、読者もまたこの驚きを共有することになる。まず初めに、語り手は、「雷に打たれたみたいに」、突然やってきた声に驚かされる。次に、少年がデッサン第一号の中味をただちに見抜いてしまうので「仰天」する。最後に、ぞんざいになげだした箱の中まで相手が見通すことに「驚く」のである。こうして「まぼろしの出現」に始まり、次々と驚異の現象に立ち会うことを通して、次第に語り手も私たち読者も、この「神秘」を受け入れていくことになる。ここから私たちは「驚異」の世界、妖精物語の世界へと入っていくのだ。ここからあとは、バラやキツネが人間の言葉を話そうが、主人公が鳥の渡りを利用して星間飛行を行おうが、私たちはそれらをすべて自然なこととして受け入れるのである。

ここで、ロジェ・カイヨワが『妖精物語からSFへ』の中で提示した、「妖精物語」と「幻想小説」の相違について想起しておこう。カイヨワによれば「妖精物語の世界は、現実世界に付加された不思議の国なのであって、現実界を侵害することも、その統一を破壊することもない。これに対し幻想とは、ほとんど耐えがたいまでに異常なスキャンダル、裂け目、闖入として、現実界にその姿をあらわすものである」（カイヨワ、10）。王子さまの登場は、一見幻想のように語り手の現実界にその姿をあらわす。しかし、この現実界は人が住んでいるところから千マイルも離れた砂漠であり、すでに非日常の空間である。少年の出現は、たしかに幻想の基本的なやり口であるところの「尋常ならざるものの出現」ではあるが、それに対して語り手は驚きをくり返すものの、そこには幻想特有の戦慄と恐怖は見られない。あらわれ出たものは幻想物語におけるような幽霊でもなければ、異様な生物でもない。ほとんど無垢ともいえる可愛い少年なのである。王子さまは二十世紀の砂漠に出現した妖精であるといえよう。

他方で、『幻想文学論序説』の中でツヴェタン・トドロフが明示した「幻想」「怪奇」「驚異」の区別は、次のようなものである。私たちの日常よく知っているこの世界で説明しがたい異常な出来事が起こるとき、これを幻覚や想像力の産物とするか（その場合この世界の法則は手つかずに残る）、あるいは現実の一部をなしているとみなすか（そうなるとこの現実は私たちの知らない法則で支配されていることになる）、二つの態度が可能である。「幻想」とはこのどちらをも選ばず、不確定にとどまることである。「どちらか答えが選択されてしまえば、幻想を離れて〈怪奇〉あるいは〈驚異〉という隣接のジャンルへと入り込むことになる。幻想とは、自然の法則しか知らぬ者が、超自然と思える出来事に直面して感じる〈ためらい〉のことなのである」（トドロフ、

41-42)。『星の王子さま』の語り手は、はじめはためらっているように思われる。しかし、次に彼は、この超自然と思われる出来事を、そのまま現実の一部として受け入れるのであり、ここから物語は「幻想」ではなく、「驚異」のジャンルへと入っていくと言うことができる。だが、のちに私たちが見るように、この物語は「驚異」にとどまるのではなく、語り手はふたたび現実世界に戻るのであり、王子さまとの出会いは彼が砂漠で見た幻覚とみなすことも可能である。そのとき、この物語は「怪奇」（この言葉にともなうおどろおどろしさはまったく見られないが）に近づくであろう。

こうして、自伝的物語のスタイルで始まった第一章に続く第二章において、私たちは人の住む地域から遠く離れた砂漠へと導かれて、そこで妖精物語の世界へと入っていくのだ。

第二章の終わりで、語り手は「こうして僕は、小さな王子さまと出会ったのだ」と言う。ここに至って初めて、「王子さま」の呼称があらわれる。第二章冒頭、初見での「風変わりな小さい男の子」が、この章の終わりでは「小さな王子さま」へと変わるのである。しかし、この少年は、その間に自分が「王子さま」だと自己紹介したわけでもなく、少年の正体については未知のままである。ここで「王子さま」と呼んでいるのは六年後の物語の語り手であるが、しかし、これから私たちが見るように、その後の物語でも、なぜ彼が王子さまなのか、その説明は最後までなされない。だが、いずれにせよ、次章からは私たちも、この少年を王子さまと呼ぶことにしよう。

第三章

　第二章で王子さまが出現したあと、第三章以後は、語り手が王子さまについて少しずつ理解し知識を得ていく過程である。まず「神秘」が提示され、次にこの神秘を明らかにしていくという形で物語が展開する。最初の疑問は、王子さまがどこから来たのかということだ。

　彼がどこからやって来たのか、それを理解するには、ずいぶんと時間がかかった。王子さまは、僕にたくさんの質問をするけれど、こちらからの質問はまるで耳に入らないふうだった。たまたま彼の口をついて出たことばをつなぎあわせて、少しずついろいろなことが明らかになった。たとえば彼は、初めて僕の飛行機に気づいた時（僕は飛行機の絵は描かないつもりだ。僕にはむずかしすぎるんだ）、こうたずねたんだ。

「このモノはなんなの？」

「モノじゃないよ。飛ぶんだよ。飛行機だ。僕の飛行機だよ」

僕は、自分が空を飛べるんだと、彼に教えることができて誇らしかった。ところが、彼はこう叫んだのだ。

「なんだって！　空から落ちてきたの！」

「そういうことだね」と僕は神妙に答えた。

「ええっ！　おかしいよ、そんなの！……」

王子さまがとてもかわいらしい声で笑いころげたので、僕はたいそう気分を害してしまった。僕がこんな災難にあっているんだから、もっと真剣に受け止めてほしいものだよ。


王子さまは、好奇心いっぱいでなんでも知ろうとする子どものように、次々と質問を投げかける。語り手に対してだけではなく、後にわかるように、旅の途中で出会った相手にも、王子さまは執拗に、時には同じ質問を何度もくり返すのである。

ここで王子さまは、パイロットが空から「落ちてきた」と笑う。しかし、のちに第二十三章において、王子さまもまたこの地球に「落ちてきた」のだと語る。飛び立ったあとには、二つの選択肢しかない。永遠に飛び続けることはできないのだから、地上に「降りる」かまたは「落ちる」かである。そして、私たちは、パイロットとしてのサン＝テグジュペリがしばしば「落ちた」ことを知っている。一九三三年水上飛行機のテスト飛行中での事故を初めとして、一九三五年のパリ―サイゴン飛行の途中でリビア砂漠に墜落し、一九三八年にはグアテマラで離陸に失敗して重傷を負う。そして一九四四年、コルシカ島からフランス上空への偵察に出撃したあとは消息を絶ち、地中海に「落ち」て不帰の人となる。

語り手も王子さまも、砂漠に降りたのではなく「落ちた」のである。語り手はパイロットであり、空を旅する者である。子供時代に画家になる夢を挫かれた彼はパイロットとなり、「僕はほとんど世界中を飛んだ」と言う。王子さまもまた、渡り鳥を利用して自分の星を出発したあと、六つの星をたずねて、最後に地球に来るまで、宇宙空間を飛行している。しかし、物語のなかでは、語り手はずっと砂漠に不時着したままであり、旅することは不可能であり、王子さまもまた最後に姿を消すまで砂漠の上にいる。

この語り手および王子さまの背後に、ニューヨークで、ふたたび飛行できる時を待ちながら鬱々たる日々を過ごしていた作者の姿を見ることができるだろう。最後にサン゠テグジュペリは飛び立つが、それは王子さまの飛行と同様に永遠に姿を消してしまうことであった。

それから彼はこうも言った。

「すると、きみも空からやって来たんだね！　どの星から来たの？」

即座に僕は、目の前にいる王子さまの神秘に一条の光がさすのを感じて、すぐさまこう切りだした。

「じゃあ、君はほかの星から来たんだね？」

でも、彼は答えてくれなかった。僕の飛行機をまじまじと見つめて、静かに頭を振って言った。

「そうだよね、これじゃあ、そんなに遠くからはやって来れないね……」

この短いやり取りによって、王子さまが「ほかの星から来た」らしいとわかって、語り手は好奇心をそそられる。もっとくわしいことを聞き出そうと、「僕のヒツジをどこへ連れて帰ろうっていうの？」とたずねるが、王子さまはそれに答えず、返答はいつものように脇へとそれてしまう。それから語り手が「昼間ヒツジをつなぎとめておく紐もあげるよ」と言うと、この申し出に王子さまはひどく驚いたように答える。

「つなぎとめておくって？　なんて変なことを考えるんだ！」

「でも、つないでおかないと、どこへでも勝手に行ってしまって、迷子になるよ」

僕の友だちは、また笑いころげた。

「でもさ、ヒツジがどこへ行くっていうんだい！」

「どこでもだよ、まっすぐにどんどん行って……」

するとと王子さまは、深刻な顔をして言った。
「かまわないんだ。とても小さいんだ、ぼくのところは！」
それから、少し憂鬱になったらしく、こう言いそえた。
「まっすぐに進んでも、そんなに遠くへは行けないんだ……」

ここで初めて王子さまは憂鬱な表情を見せるが、こうした憂い顔は彼の基本的な性格に根ざすものとして、今後もくり返しあらわれる。

第三章に至って、語り手そして私たちは王子さまがどこから来たかを知ることになる。それは、ヒツジをつなぎ止めておく必要さえないほどのとても小さな星である。王子さまは異星人なのだが、しかしこの少年はまったく異星人らしいところがなく、地球の子ども、それも西欧人の白人の子どもといささかも変わりがない。

王子さまが、「金髪の王様」と家族から呼ばれていた少年時代のサン＝テグジュペリの甦りであることは、多くの人が指摘している。ポール・ウェブスターは、金髪の王子さまは「サン＝モーリスの城の魔法の庭を出る前のアントワーヌ自身」（ウェブスター、318）であると言う。

絶体絶命の状況に置かれた語り手に、子ども時代の思い出が彼を支えるべく甦るのであるが、語り手も王子さまもともに作者の分身であるからには、この両者の出会いは他者との出会いではない。王子さまとの対話は、語り手にとって自己との対話に他ならない。あるいはリュック・エスタンの言うように、この「おとなと子どもの対話は、実際には独白である」（エスタン、31）ということになるだろう。

第四章

こうして語り手は、「二つ目のとても大事なこと」、つまり「王子さまのふるさとの星は、一軒の家ほどの大きさ」しかないことを知る。宇宙にはそのような小さい星がいっぱいあって、天文学者がそれらを発見すると、たとえば「小惑星325」というように番号をつけるのである。

確かな理由があって言うのだが、王子さまの星は小惑星B612だと思う。この小惑星は、ただ一度だけ、一九〇九年に、望遠鏡をのぞいていたトルコの天文学者によって観察された。そこで、彼は国際天文学会で、自分の発見を大々的に発表した。けれども、その服装のせいで、誰も彼の言うことを信じなかった。おとなたちというのは、そういうものなんだ。

幸いなことに、小惑星B612の評判を聞きつけて、トルコの独裁者が、違反すれば死罪に処するとのふれこみで、国民にヨーロッパ風の服を着るよう布告を出した。天文学者は、一九二〇年にもう一度、とてもエレガントな服を身にまとって学会発表をした。すると、今度は全員が彼に同意したのだ。

第四章において、語り手は、六年前の砂漠での出会いの物語から一時的に離れて、トルコ人の天文学者による王子さまの星の発見を語る。

ところで、トルコの独裁者によって一九二〇年かあるいはその直前に出されたと思われる「ヨーロッパ風の服を着るよう」にという「布告」だが、これは歴史的事実と呼応しているのだろうか。『トルコ近現代史』の著者である新井政美氏に直接おたずねしたところ、次のようなご教示を得た。この独裁者はムスタファ・ケマルのことではないか。一九二〇年に、彼はまだ独裁者にはなっていないが、一九四〇年代に書かれた本の中で言われているのであれば、それはケマルしかいないと思われる。『星の王子さま』の書かれた段階では、彼はすでにアタテュルクの名を得ている。彼がトルコ帽やターバンを禁止したことが、一連の西洋化政策と相まって、フランスの作家にそのような記述をさせるに至ったのではないだろうか。ただ、法律で決めたので罰則はあったはずだが、「死罪に処する」ほどのものではなかっただろう。

トルコ人の天文学者の発表した場が「国際」天文学会であったとはいえ、ここでは、トルコ人の衣装が珍妙で、西洋の服装こそがエレガントであるということが前提となっている。

アンヌ゠イザベル・ムリエは、この挿話に関して、「ペルシアの衣装とその魔術的効果を語るモンテスキューの『ペルシア人の手紙』の抜粋が示す弁証法的側面を想起させる」(Mourier, 46)と述べている。実際、モンテスキューのこの書簡体小説において、パリに出てきたペルシア人のリカが自国の服装で外出するときには、たちまちまわりに円陣ができて、彼は衆目を集めることになる。それほどの歓待を重荷に感じた彼は、次に「ペルシア風の衣服を捨ててヨーロッパ式のそれ」を身につけると、「一瞬のあいだに公衆の注意と敬意」(モンテスキュー、33)を失ってしまうのである。リカの場合はペルシア人の衣装ゆえに歓待され、その反対に天文学者はトルコ人の衣装ゆえに冷遇される。そして、彼らがヨーロッパ式の服装に着替えると、リカはその個性的価値を失い、天文学者の場合は一般的信用を勝ち得た。いずれの場合も、人々はまず第一に服装によって他人を判断するのである。ここには、人を外観で判断することの愚かしさとこっけいさが描かれている。

小惑星B612について、君たちに、これほど詳しく語り、またその数字まで示すのは、おとなのせいなんだ。おとなたちは数字が好きだからね。君たちが、彼らに新しい友だちのことを話す時、彼らはいちばん大切なことについては、けっして質問をしてこない。「その友だちはどんな声をしているんだい？　どんな遊びが好きなんだい？　蝶々を収集しているかい？」とは、けっして訊かないものだ。彼らはこんなふうにたずねるだろう。「その友だちの年齢は？　兄弟は何人いるの？　体重は？　お父さんの収入は？」そこでようやく、どんな人物かわかった気になるんだ。もし君たちが、おとなに向かって、「バラ色の煉瓦造りのきれいな家を見たよ。窓にはゼラニウムの花が飾ってあって、屋根には鳩がとまっている……」と言っても、彼らはどんな家なのか、思いえがくことさえできないだろう。彼らにはこう言わなければならないんだ。「十万フランの家を見たよ」。すると彼らは叫ぶだろう。

「なんてすばらしい家なんだ！」

「いちばん大切な essentiel」という形容詞が、ここで初めて使われる。のちに私たちはこの形容詞 essentiel が「目に見えない invisible」という形容詞と結びつくのを見ることになるだろう。いちばん大切なものは数値化できないものである。しかし、おとなたちは逆に数値化できるものにしか関心を示さない。それは友だちの場合であれば、年齢、兄弟の数、体重、父親の収入であり、また家に関してはその価格である。十万フランという価格が美の価値基準と直結するようなおとなたちの数字崇拝が、ここでは誇張されて、戯画的に描かれる。

数値化とはデジタル化でもあり、これは加工が容易な情報である。他と比較したり、全体の中でランク付けしたり、経年による変化を記録したりすることができる。ひとりの友だちの身長は、他の友だちの身長と比較したり、クラスの中での順位を定めたりすることができる。ひとりの友だちのお父さんの年収は、他の友だちのお父さんの年収と比較して、その多少を判断することができる。数値には厚みも深さも、色合いもない。ないからこそ取り扱いが容易なのである。それに対して、その友だちがどんな声であるとか、どんな遊びが好きであるとか、蝶々を集めているとかということは、友だちに関するアナログ的な情報であり、挿話である。こうした挿話が集まって、友だちについての「物語」を創り出すことになる。こうした物語こそが、私たちが人を知るうえで欠かせない重要なものなのだ。物語には厚みと、深さと、色合いがある。それは数値よりも扱いにくいかもしれないが、はるかに複雑な情報を内部におさめることが可能である。利便性が跋扈する時代にあって、この数値に対抗しうるものがあるとすれば、それは「物語」であるだろう。

ここで語り手は、読者に「君たち」と呼びかける。この「君たち」はあきらかにおとなと対立する子どもである。読者の中にはおとなも含まれているだろうが、その場合には彼らは少なくとも物語を読んでいる間は、あるいは語り手に君たちと呼びかけられている間は、かつての子どもに戻ってしまう。語り手は読者を味方につけながら、童心の側に立って、おとなたちの数値化された世界観を揶揄し、批判するのである。

それゆえ、『星の王子さま』で使われている「おとな」「子ども」は、現実のおとなや子どもとは別物であると見なす方がいいだろう。あるものの考え方がここではおとなの考え方であるとされ、また別の考え方が子どもの考え方であるとされる。そして、私たちは数値を、その利便性のゆえに手放すことはできないし、また他方で、物語なしでは充分に生きていくことができないのだ。ひとりの人間が、あるときにはおとな的に思考し、またある時には子ども的に思考する。そのバランスが失われ、数値化崇拝が蔓延することこそが危険である。

そんなわけだから、君たちがおとなに向かって、「王子さまがほんとうにいた証拠は、王子さまが魅力的で、よく笑い、ヒツジをほしがっていたことだよ。ヒツジをほしがるのは、その人がほんとうにいた証なんだ」などと言っても、彼らは肩をすくめて、君たちを子ども扱いするだけだろう！　ところが、もし彼らに、「王子さまの星は小惑星Ｂ６１２だよ」と言えば、それだけで彼らは納得して、もうそれ以上はうるさく質問してこないだろう。おとなというのはそんなものだ。でも彼らを恨んではいけない。子どもは、おとなに対してとても寛容であるべきなんだから。

Ｂ６１２は、『南方郵便機』におけるベルニスの操縦する機体に付された番号でもあるが、こうした小惑星の数字を示すことが王子さまが実在した証拠にはまったくならないことは当然であり、これはおとなたちの数字崇拝を揶揄するために語られている。「驚異」の世界から一見「リアリズム」の世界へと戻ったかと見えながら、実はそれは見せかけにすぎず、Ｂ６１２という具体的数字に何らの根拠もないことは明らかだ。語り手は、おとなたちの数字崇拝を受け入れるふりをしながら、巧みにそれを皮肉るのである。

でも、もちろん、人生をよくわかっている僕たちは、数字なんかどうでもいいんだ！　僕はこの物語を、おとぎ話のように語りはじめたかったんだ。できれば、こんなふうに。「むかし、むかし、ひとりの王子さまが、自分の背丈ほどの大きさしかない星に住んでいました。彼は友だちがほしかったのです……」。人生をよくわかっている者にとっては、このほうがずっとほんとうらしく聞こえるだろう。

すでに読者を味方に引き入れている語り手は、「人生をよくわかっている僕たち」と自分たちを規定し、こうして一段と上位に立って、おとな批判をおこなうのである。語り手は、おとぎ話のように始めなかったのはおとなのためであると言うが、ここにはすでに、この『星の王子さま』という作品の複雑な性格があらわれているように思われる。語り手はつねに、おとな対子どもの二項対立に従っておとなたちを揶揄するが、同時に、この本の読み手として子どもに語りかけながらも、つねに読者としてのおとなを意識している。実際、これらの批判はおとなに読まれなければ意味がないだろう。

「むかし、むかし」は、おとぎ話（妖精物語）の冒頭の決まり文句である。たとえば、ボーモン夫人の『美女と野獣』や、シャルル・ペローの『赤ずきん』は、「むかし、むかし……」で始まっており、これらは、一挙に読者を現在から遠く離れた時間、すなわち非時間の世界へといざなってしまう。そこでは、野獣の姿に変えられた王子さまや、人間の言葉を話す狼があらわれても、読者はそれを自然なこととして受け入れるのだ。ところが、『星の王子さま』では、「六歳のとき」と語り手は自分の少年時代を回想することから始める。そして、王子さまがあらわれるのは、「むかし、むかし、あるところに」ではなく、今から六年前のサハラ砂漠、と時空間が特定されているのである。

なぜって、僕の本を軽い気持ちで読んでほしくないからだ。この思い出を語るのは、僕にはとても悲しいことなんだ。もう六年も前のことになるけれど、僕の友だちはヒツジと一緒に去って行ってしまった。ここに彼のことを書こうとしているのは、彼を忘れないためだ。友だちのことを忘れるなんて、悲しいことだよ。誰もが友だちを持てるとは限らないからね。それに、僕もいつかは、数字にしか興味を示さないおとなのようになってしまうのかもしれない。

さらに、語り手はおとぎ話のように始めなかった理由を、「軽い気持ちで読んでほしくないからだ」と言う。ここには語り手の複雑な戦略が見て取れる。彼は「人生をよくわかっている僕たち」というように読者を巻き添えにして、子どもの側に、おとぎ話の側に身を置いて、数字崇拝のおとなたちを批判する。だが、他方で、おとなの読者に対しては自分の思い出を語るにはおとぎ話のスタイルではなくて、リアリズムのスタイルを取ること、すなわちおとなの語り方を採用することが必要だと考えてもいるのだ。

しかしながら、子どもたちのためにおとぎ話のように語り始めようと、おとなの読者を意識して別の語り方をしようと、いずれにしても語り手が言いたいのは、自分の体験がいかに切実で大事なものであったかということである。一般に物語において、一人称の語り手というものは、どうして自分がこの物語を語ることになったのか、その動機や理由をどこかで明らかにしておくことが多いものだ。これは、語り手としての自己正当化であると同時に、読者の注意を引き付ける有効な手段でもある。『星の王子さま』のパイロットも、ここに至って初めて、語り手としての自己規定をおこない、なぜ語るのかというその理由を明らかにする。それはひとりの友だちを忘れないようにするためであり、つらい思い出である別離を語るのだというこの物語の主題がここで明かされる。彼が語ろうとしているのは王子さまとの出会いではなくて別離なのであり、それを物語ることによって、彼は切実な体験を時間による風化作用から守り、固定しようとする。そして、その語りに達するのに彼は六年を要したのである。

僕が絵の具と鉛筆を買い求めたのは、そのためでもあるんだ。この歳になってデッサンをもう一度はじめるなんてつらいことだよ。なにしろ六歳の時に、中の見えない大蛇《ボア》と見える大蛇《ボア》を描いて以来、ほかには何も描いたことがないんだから！　もちろん、僕はできるだけ似た肖像を描こうとつとめるだろう。でも、うまくいくかどうか、自信があるわけじゃない。一枚はうまくいっても、別の一枚はもう似ていない。背丈も少し違っている。こっちの王子さまは大きすぎるし、あちらのは小さすぎる。彼の服の色についても、僕は迷っている。そこで、どうにかこうにか、あれこれと試してみる。もっと大事な細かい部分についても、僕はきっと間違うだろう。でもその点については、大目に見てもらわなくてはならない。僕の友だちは、いっさいの説明をしてくれなかった。彼はたぶん、僕が彼に似ていると思っていたんだろうね。でも残念ながら、僕は箱の中にいるヒツジを見ることはできない。僕は、少しおとなのようになってしまったのかもしれない。きっと歳をとってしまったんだ。

語り手は、自分もおとなになって、王子さまのことを忘れてしまわないように、この物語を語り、さらに絵を描いたのだ。彼は物語る能力には自信があるのだろう。そこにはいっさいの言い訳がないからである。しかし、絵については言い訳をしている。ここでもまた恨みがましく、彼は「六歳の時に、中の見えない大蛇《ボア》と見える大蛇《ボア》を描いて以来、ほかには何も描いたことがないんだから！」と言って、王子さまの肖像が正確ではないことを強調する。語り手にとって王子さまは幻であり神秘であったから、そのまま絵に描くことなどできないのだろう。王子さまは少しずつ姿を変えて語り手の前にあらわれ、また少しずつ姿を変えて描かれた。しかし、語り手の言い訳にもかかわらず、王子さまの絵は統一を保持しているように見える。絵は大成功を収めたと言うべきだろう。今日、『星の王子さま』を読んだことがない人でさえも、王子さまの絵を見て、それが誰であるかがわかるのだから。

子ども対おとなの図式でおとな批判をくり返す語り手であるが、ここでは年老いた悲しみを語る。王子さまと出会うまで彼は、おとなになったあとでさえも、子どもの側に立っておとな批判をおこなっていた。しかし、王子さまという絶対に老いることのない存在に出会って、彼は自分が老いていく人間であることを意識するのである。

第五章

日ごとに、僕は、王子さまの星について、旅立ちのいきさつやその道中について、少しずつ知るようになった。それらは、思いを巡らすにつれて、徐々にわかってきたのだ。こうして三日目に、僕はバオバブの惨事を知った。

ここで話は三日目に飛ぶ。二日目については特に指示がないが、それは第三章の、王子さまがほかの星から来た話に対応するのだろう。これをまとめると、第二章は砂漠に不時着してからの一日目、王子さまとの最初の出会いが語られ、第三章は二日目、王子さまがほかの星からやってきたことが明らかとなり、第四章は二日目の続きで、王子さまの星がＢ６１２であると説明されて、そして第五章は三日目、バオバブの話となる。

三日目になって、出し抜けに王子さまが、「ヒツジはバオバブも食べるんだね？」とたずねる。そこで語り手が、「バオバブは小さな木ではなく、教会のように大きな木」だと説明すると、王子さまは聡明にもこう指摘するのである。

「バオバブだって、大きくなる前は小さかったはずだよ」

「そのとおりだね！　でも、どうして、君のヒツジに小さなバオバブを食べさせたいんだい？」

彼は答えた。「えっ！　わからないの！」まるでそんなことはわかりきったことだというようだった。そして、僕が自分の力でこの問題を理解するには、たいそう頭を働かさなければならなかったのだ。

王子さまはいっさいの説明をせず、自分の知っていることは語り手にとっても自明のことだと思っている。その意味で他者への想像力を欠いているといえるかもしれないし、そこに王子さまの子どもらしい性格を見ることもできるだろう。他方で、そこには、導き手としての王子さまの役割があると言える。この物語は、語り手が少しずつ王子さまについて、また彼の語る真実について知識を得て、学んでいく過程でもある。おとなが子どもから学ぶのであるが、その際王子さまは語り手側の努力を促すようなやり方を取る。すなわち、語り手は物語の中にあって「独力」

で問題を解決することを求められるのであり、それこそが望ましい学びの基本である。
そこで語り手が理解するに至ったのは、次のようなことである。「王子さまの星には、ほかのすべての星と同様に、良い草と悪い草が生えていた」。そして、悪い草の場合には、芽が小さいうちに摘み取っておかなくてはならないのだ。

ところで、王子さまの星には恐ろしい種があった……。それがバオバブの種だった。星の土壌はそのために荒らされてしまった。たった一本のバオバブでも、処置が遅れると、もう根絶することはできない。星全体をふさいでしまう。その根で、星に穴をあけてしまう。そして、もし星がとても小さくて、バオバブの数があまりにも多い時には、星を破裂させてしまうんだ。

「規律の問題なんだよ」と後になって、王子さまは僕に言った。「朝の身づくろいが終わったら、星の身づくろいを丁寧にやらなくちゃいけない。バオバブはごく小さい間はバラにとてもよく似ているけれど、その区別がつくようになったらすぐに、欠かさずバオバブを引き抜かなくてはいけないんだ。これはずいぶんめんどうだけれど、とても簡単な仕事なんだ」

ここで私たちは、王子さまが規律を重んじる子どもであることを知る。子どもらしく次々と質問を投げかけて、未知のことがらを貪欲に学ぼうとすると同時に、彼はまたすでにおとなの知恵を身につけてもいるのだ。これまで一方的に語り手に質問するばかりだった王子さまは、ここで初めて深い叡智の持ち主としての一面を見せるが、これは今後、物語を通じて次第に顕われてくることになる。次にバオバブの絵を描く際に、語り手は「道徳家ぶった語り方はあまり好きじゃない」と弁明するが、実際、この物語において道を説く語り方をするのは、おとなである語り手ではなくて、むしろ子どもの王子さまなのである。おとなと子どもの対話から成るこの物語において、しばしば両者の立場が入れ替わってしまうのを、これからも私たちは目にすることになるだろう。

そしてある日のこと、彼は、この話を地球の子どもたちの頭にしっかり入れておくために、力をふるって、りっぱなデッサンを一枚描きあげるよう僕に勧めた。「もし子どもたちがいつか旅に出たら」と彼は言った。「きっとそのことが役立つよ。仕事を後回しにしてもいいことだって、時にはあるさ。でも、ことバオバブに限っては、大惨事は避けられない。僕が知っている星には、ひとりの怠け者が住んでいた。彼は三本の小さな木を放っておいたために……」

そこで、王子さまの助言にしたがって、僕はこのような星の絵を描いた。僕は道徳家ぶった語り方はあまり好きじゃない。でも、バオバブの及ぼす害はあまりにも知られていないから、それに小さな星で注意を怠った時はずいぶん危険なものだから、遠慮ぬきで一度だけ例外をもうけようと思う。僕はこう言いたい。「子どもたちよ！　バオバブに気をつけなさい！」。僕の友人たちも僕と同様、そうと気づかず長いあいだ危険と隣り合わせに生きてきた。そうした危険を彼らに警告するため、僕はたいそう努力してこの絵を描きあげた。この絵の教訓は、それだけの苦労に値するんだ。君たちはたぶん、「この本の中には、どうしてバオバブのデッサンみたいにみごとな絵がほかにはないのだろう？」と思うかもしれない。答えはいたって簡単。描いてみたが、うまくいかなかった。このバオバブを描いた時には、僕はぐずぐずしていられないという気持ちでいっぱいだったんだ。

バオバブの木の話は、初めは「惨事」と呼ばれ、次に「大惨事」「危険」と次々に名づけられる。モナンはボアboaとバオバブbaobabの音の類似を指摘しているが（Monin, 49）、これらはともに破壊的な暴力を連想させる動物と植物である。特にバオバブに関しては、これを当時ヨーロッパを蹂躙していたファシズムの象徴であると見なすことは可能であるだろう。バオバブの絵を描いたのは切迫した感情につき動かされたのだと語り手は言うが、そのことはこの作品が書かれた当時の緊迫した時代状況へと私たちの目をさし向けるだろう。しかしながら、一九四二年の時点では、ファシズムの驚異はすでに自明のものとなっていた。

バオバブがファシズムを象徴するものであったにせよ、常にその芽を育成する土壌があり、そこから養分を吸い上げてこそバオバブは成長するのである。ここでは、悪の芽を小さいうちに摘み取ることが問題なのであって、ファシズムという巨大な力に発展したあとでは、もう手遅れと言えるだろう。

語り手の警告は、私たちが長いあいだそうと知らずに隣り合わせに生きてきた危険に対するものであると同時に、その危険はもはや手のほどこしようがないほどに巨大化しているのだから、子どもたちに向かっては、彼らがいつか人生の旅に出て遭遇するであろう将来の危険に対しても発せられている。バオバブの挿話は、目前のファシズムへの警鐘であると同時に、つねにそうしたものを不注意に育んでしまう人間の精神の怠惰なあり方への警告でもある。

第六章

朝の光とともに語り手の前に出現した王子さまは、四日目になって、実は夕陽を好む憂い顔の少年であったことが明らかになる。

ああ！　王子さま。僕はこうして、君の憂いに満ちたささやかな生活を、少しずつ理解していったんだ。長い間、君の心を慰めるものといっては、夕陽の優しさしかなかった。僕がこの新しい事実を知ったのは、四日目の朝、君がこう言った時だ。

「ぼくは夕陽が好きなんだ。ねえ、夕陽を見に行こうよ……」

まえがきの献辞において、作者は慰めを必要としている友人のことを語っていた。王子さまもまた慰めを必要としていて、ただそれを満たすものといっては、夕陽の優しさしかなかったのだ。「夕陽を見に行こう」と提案する王子さまに対して、語り手は「太陽が沈むのを待たなくっちゃ」と言う。すると王子さまは、「いまでも自分の星にいるような気がしていたよ」と言って笑うのである。


実際そのとおりだった。誰もが知っているように、アメリカ合衆国が正午の時、フランスでは太陽が沈んでいく。一分間でフランスへ行くことができたなら、日没に立ち会うことができるだろう。ところが残念なことに、フランスはあまりにも遠すぎる。でも、君のとても小さな星では、椅子を数歩ぶんだけ動かせば、それで充分だった。そこで君は、思いたった時にはいつでも、黄昏どきの空を見ていたのだ……。

「一日に、四十四回も陽が沈むのを見たことがあるよ！」

それから君は、少したって言いそえた。

「ねえ……ひどく悲しい時には、夕陽が見たくなるんだ……」

「すると、四十四回も夕陽を見た日には、君はひどく悲しかったんだね？」

しかし、王子さまは何も答えなかった。

ここでは、アメリカとフランスが例に出されており、語り手は、作者その人と同様にアメリ力に身を置いて、そこから遠いフランスに思いを馳せている。「一分間でフランスへ行くことができたなら」と語り手は言う。それに続く文は「日没に立ち会うことができるだろう」であるが、作者による献辞を記憶にとどめている私たちは、「慰めを必要としている友人に会うことができるだろう」と、読み替えることもできるだろう。シフは、「王子さまが見る景色は、作者が実際に見た風景である。火山はパタゴニアで、バオバブはダカールで知った。彼の住んだ場所で、この本に唯一痕跡を残していないのはニューヨークである」（シフ、426）と述べている。確かにニューヨークの街はこの作品のなかには直接姿を見せないが、ただそれはフランスまでの距離の遠さという形で暗示されるのである。

王子さまは一日に四十四回も夕陽を見たことがあるというが、それほどまでの悲しみとは何だろうか。あとで触れるバラとのいさかいに起因するものなのだろうか。実際、これはバラとのいさかい後の話なのだ、とわざわざ説明している本もある。だが、王子さまの憂愁や悲しみはバラとのいさかい後の話というより（それに王子さまはすぐに星から旅立ってしまったのだから）、もっと根元的なものであるように思われる。それは人間の絶対的孤独というようなものだ。こうした悲しく淋しい王子さまのもとへ、ある日バラの種子がやってきたと解釈するほうが自然だろう。ここでは「悲しい」という形容詞がくり返されて、それが「ひどく」という副詞によって強調され、さらに少年の沈黙によって、その悲嘆は重々しく神秘的なものになる。

第六章は、「ああ！　王子さま」と詠嘆調で始まり、語り手が王子さまに「君」で直接呼びかける唯一の章である。語り手は、今は地球上にいない王子さまに語りかけることによって、王子さまの「悲しさ」を理解し共有しようとしている。しかし、「君」と呼びかけたこの章は、最後の一行においては「君は」ではなくて「王子さまは」となって、ふたたび物語の枠内に取り込まれることになる。

第七章

語り手は王子さまとの出会いから、毎日少しずつ新しいことを知るようになるが、その際いつもヒツジが先導役をつとめる。五日目に至って、私たちはバラと王子さまの物語を知るようになる。

五日目になって、今度もまたヒツジがきっかけで、王子さまの生活の秘密が明かされた。彼は突然、前置きなしで僕にたずねたのだ。まるで長いあいだ静かに考えてきた問題の答えであるかのように。

前章では、語り手は王子さまの「憂いに満ちたささやかな生活」を知ることになったが、ここではさらに王子さまの「生活の秘密」が明かされる。私たちはいよいよ物語の核心に入っていく予感を憶える。

飛行機の「故障は重大なものらしいとわかりはじめていたし、飲み水が底をついて、最悪の事態も心配された」から、語り手は不安にかられながら、エンジンのボルトを抜くことに専念する。しかし、そんなことにお構いなしに、王子さまは、ヒツジがバラのようなトゲのある花でも食べるのか、そうだとすればトゲは何の役に立つのかと、執拗に質問を投げかける。仕事の邪魔をされて苛立った語り手は、そこで「僕はいま、まじめなことに取り組んでいるんだ！」と叫ぶ。

彼はびっくりして、僕を見つめた。

「まじめなことだって！」

彼が見ていたのは、手にハンマーを握り、指は油で黒く汚れ、彼にはとても醜く思われる物体の上に身をかがめている、そんな僕の姿だった。

「きみは、おとなみたいなものの言い方をするね！」

それを聞いて、僕は自分を少し恥じた。しかし、彼は容赦なく続けて言った。

「きみはすべてを混同している……なんでもごちゃまぜにしてしまう！」

ほんとうに、彼はとても怒っていた。ブロンドの髪を風になびかせていた。

語り手が「まじめなこと」に取り組んでいると言うと、王子さまはすぐに「おとなみたいなものの言い方」だと反応する。王子さまが「おとな」と言うのはこれが初めてだが、語り手がこれまで用いてきた子ども対おとなの図式を彼も採用するのである。

そして、王子さまの側から見た語り手の姿が描かれるが、これは作品のなかで唯一の例である。それは「手にハンマーを握り、指は油で黒く汚れ、彼にはとても醜く思われる物体の上に身をかがめている」と描写される。語り手は、王子さまの視点を一時的に借りることによって、自分を客観的に見る機会を得るのだ。

語り手は飛行機の修理に専心している。もちろんこれが彼の生死に関わる大事で「まじめな」ことだからである。たとえ油で醜く汚れようと、それは彼が今なすべき仕事なのである。それに対して、王子さまはこう反論する。

ぼくは真っ赤な顔をしたおじさんが住んでいる星を知っている。その人は一度も花の香りをかいだことがない。一度も星を眺めたことがない。一度も人を愛したことがない。一度も計算以外のことをしたことがない。それで一日中、きみのようにくりかえしているんだ。〈おれはまじめな男だ！　おれはまじめな男だ！〉ってね。それで得意満面、大きな顔をしている。でもね、それは人間じゃない、キノコだよ！

王子さまは、あとで登場するビジネスマンの仲間であり、計算ばかりしている「まじめな」男の例を出して、語り手を批判する。だが、これはかなり無茶な非難であり、「すべてを混同している」のはむしろ王子さまの方である。にもかかわらず、「おとなみたいなものの言い方をする」と言って批判された語り手は、あっけないほどに「自分を少し恥じ」るのである。ここでは、おとな＝悪、子ども＝善の単純な二項対立が前提とされており、すべてがそこから判断される。だが、一見だだをこねる子どものような王子さまの無茶な理屈の背後に、彼の真情とその攻撃の純粋性があるだろう。

王子さまは、いまは怒りですっかり青ざめていた。

「何百万年も前から、花はトゲを作ってきた。何百万年も前から、それでもヒツジは花を食べてきた。それなのに花はなぜ、なんの役にも立たないトゲを苦労してつくるのか、それを理解しようとするのが、まじめなことじゃないって言うの？　ヒツジと花の戦争は大事なことじゃないの？　太った赤ら顔のおじさんの計算よりも、まじめで大事なことじゃないの？もし、ぼくがこの世でただ一つの花、ぼくの星以外のどこにも咲いていない花を知っていて、ある朝、小さなヒツジが、自分が何をしているのかわからないまま、ひと口でその花を消滅させてしまっても、それが大事じゃないって言うの！」

彼は顔を紅潮させて、さらに続けた。

「もし誰かが、たくさんの星のうちの、一つの星だけに咲いている花を愛しているとしたら、それだけで星を眺めるとき幸せになるんだ。その人は心の中で言うだろう。〈ぼくの花は、あのどこかにある……〉。でも、もしヒツジが花を食べてしまったら、その人にとっては、突然すべての星の光が消えてしまうようなものだよ！　それでも、これが大事じゃないって言うの！」

ここで、王子さまは次々と問いかけることよって、語り手を追いつめていく。そのなかで、彼は「まじめな sérieux」から「大事な important」へと形容詞を移行させるのである。「まじめなことじゃないって言うの」と問いかけ、次に「大事なことじゃないの」、そして「まじめで大事なことじゃないの」とたたみかけて、さらには「大事じゃないって言うの」と二度発する。ここで王子さまが使った「大事な important」という形容詞は、やがてキツネによる秘儀伝授を経てさらに深い意味をあたえられることになるだろう。

王子さまの星にはバラとバオバブの木があり、小さいときには見分けがつかない。バオバブの若い芽を食べさせるためにヒツジが必要であるが、しかし、ヒツジはバラも食べてしまうかもしれない。このジレンマからヒツジと花の戦争が想定される。これこそが王子さまにとって大事な問題なのだが、のちにわかるように、王子さまが地球から去ったあとは、夜空を見上げる語り手にとっても、切実な問題として残ることになる。

ヒツジは普通は無害な動物であるが、実際、飛行士にとってはときには危険な存在でもあった。サン＝テグジュペリは、『人間の大地』において、牧場の上で飛行機の車輪の下にあっというまに駆け込んでくる「三〇頭のヒツジ」（著作集1、149）の危険について書いている。

そして、この第七章は、王子さまが語り手に向かってひと息に問いかけたあと、次のように終わっている。

それ以上はもうことばを続けることができず、王子さまはいきなり泣きじゃくりだした。すでに夜の帳が降りていた。僕は握っていた道具を放りだしていた。ハンマーもボルトも、渇きや死さえも、もうどうでもよかった。一つの星、一つの惑星、僕の星であるこの地球上に王子さまがいて、慰めを必要としているのだ！

最後に王子さまは、もう言葉が続かなくて泣き出してしまうが、この慰めを必要としている少年を前にして、語り手は自分の渇きや死でさえ「もうどうでもよかった」と思ってしまう。ここで彼は、生命より大事なあるものが存在することを知るのである。王子さまが「慰めを必要としている」ことは、この本の献辞に書かれた「彼にはどうしても慰めが必要なんだ」を思い起こさせるだろう。作者はウェルトに対して、語り手は王子さまに対して、それぞれ慰めをあたえる義務を負う。

『星の王子さま』は、語り手が王子さまから学んでいく物語でもあるが、その最初のレッスンがここに見られるのである。

第八章

サン＝テグジュペリの作品に登場する人物たちは、その大部分が男性であり、彼らは作者と同じくパイロットとして冒険的な飛行に従事している。作品の主題は、この空を飛ぶ男たちの友情と連帯であり、これはまぎれもなくホモソーシャルな世界である。その中で、女性の登場する場面はごく少ない。処女作『南方郵便機』にはジュヌヴィエーヴという固有名を持った女性が登場するが、そのあと『夜間飛行』ではファビアンの妻と呼ばれるだけで名前が明かされない女性がわずかに姿をあらわしたあと、『人間の大地』『戦う操縦士』には女性の形象はほとんど見られない。『星の王子さま』に至って、『南方郵便機』以来初めてのことであるが、女性が（しかし女性の姿ではなく）重要な役割を担って登場する。他でもない、王子さまのバラである。

王子さまのその花は、どこからともなく運ばれてきた種子から、ある日、芽を出したのだ。王子さまは、ほかの木とは似ても似つかないその小さな木を、間近で観察した。それは新しい種類のバオバブかもしれなかった。しかし、小さな木はすぐに生長をやめて、花を咲かせる準備をはじめた。王子さまは、並はずれて大きな蕾ができるのを見て、そこから奇蹟のように花が咲きだすのを予感した。ところが、花は美しくなるための準備をいつまでも続けて、緑の部屋に閉じこもったままだった。彼女は入念に好みの色を選んでいた。ゆっくりと衣装を身にまとい、一枚ずつ花弁を整えた。ヒナゲシのようにやつれた顔で外に出たくはなかった。輝くばかりに美しく装うまで姿を見せたくはなかった。そうなのだ！　彼女はとてもおしゃれだったのだ！　その神秘的な身づくろいは、そのために何日も何日も続いた。そして、ある朝のこと、まさに陽が昇ろうとする時刻に、彼女は姿をあらわした。

中世の『バラ物語』以来、バラは伝統的に愛の対象としての女性を表してきた。ここにおいて、バラの花はひとりのとてもおしゃれな女性のように身づくろいにたっぷり時間をかけて、おそらくは王子さまの期待をそそって、ようやく日の光とともに姿をあらわすことになる。

それほどぬかりなく身づくろいした後、彼女は、あくびをしながら言った。

「ああ！　やっと目が覚めたわ……ごめんなさいね……まだ髪がひどく乱れていて……」

王子さまは、賛嘆の気持ちを思わず口にした。

「あなたの美しいことといったら！」

「そうでしょう」と花はおもむろに答えた。「わたしは太陽と同時に生まれたのよ……」

王子さまは、彼女があまり謙虚ではないことがわかった。それでも心が揺さぶられるほどに魅力的だった！

「朝食の時間じゃないかしら」と、ややあって彼女は言いそえた。「わたしのことを考えてはくださらないの？」

それを聞くと王子さまはすっかり恐縮して、じょうろいっぱいの新鮮な水を汲んできて、花に注ぎかけた。


すでにこの花は女性に擬してその身づくろいが語られていたから、ここで花が人間の言葉を話したとしても、私たちは驚くことはない。私たちはすでに妖精物語のなかにいるのだ。だが、この感嘆するほどに美しいバラは、あまり謙虚ではなく、「いささか怒りっぽくて見栄っ張りな彼女」は王子さまを悩ますようになる。バラは王子さまに水やりや風よけなどの世話をしてもらい、外敵から守ってもらわなくてはならない。彼女の武器といえば、貧弱なトゲだけである。そうした保護される立場にある彼女は、わがままな要求をもちだし、さらには自分の過誤の責任を王子さまになすりつけようとする。それに対して王子さまのほうでは、なんでもない花の言葉をまじめに受け取って、それでたいそう苦しむことになるのである。

中世の騎士道恋愛小説におけるように王子さまは意中の女性に恭順であるが、しかし彼は、気むずかしく要求の多いバラに悩まされて、ついには自分の星を去ることになる。仲違いをしたあと、彼は聖杯を求める騎士のように遍歴の旅に出るのである。

だが、この恋愛関係は、王子さまの子どもっぽい外見とは不釣り合いである。王子さまは子どもらしさをたたえながらも、時にはひどくおとなぶった口ぶりを見せるし、またここでは魅力的な少女というよりはいかにも艶麗な女性であるバラを相手に、思春期の若者のように悩むのである。

この恋愛を振り返って、王子さまは次のように語っている。


「彼女の言うことを真に受けてはいけなかったんだ」と彼はある日、僕に告白した。「花の言うことなんて、けっして耳を傾けてはいけない。花というのは、眺めたり香りをかいだりするものなんだ。ぼくの花は、星をいい香りで満たしてくれた。でも、ぼくはそれを楽しむことを知らなかった。あの獣の爪のことだって、ぼくはずいぶんと苛立ったけれど、かわいそうに思ってやるべきだったのかもしれない……」

さらに、彼は僕に打ち明けてくれた。

「あの頃、ぼくは何もわかっていなかった！　ことばではなくて、振舞いで彼女を理解すべきだったんだ。彼女はぼくに、いい香りと明るい光を振りまいてくれた。ぼくは逃げ出してはいけなかったんだ！　彼女の見え透いたたくらみの裏に、優しさが潜んでいることに気づくべきだった。花というのはどれもこれも、言うこととすることが裏腹なんだ！　でも、ぼくはまだ若すぎて、彼女を愛するにはどうすればいいのかわからなかった」

王子さまはこんなふうに後悔するが、それはキツネの秘儀伝授を受けたあとのことである。あとで見るように、彼はキツネから「少し離れて座り」「何も言わずに」見つめることを学び、「ことばは誤解のもと」であることも知った。その王子さまが、バラを思い出して反省する。彼は言葉に信頼を置きすぎたのであり、花はただ眺めるだけにすべきだった。G・ル・イールは「ことばの排除が、ここでもいっそう内密な心の交流が実現するための条件なのである」(Le Hir, G., 239) と述べている。成熟するとは、花の言葉の裏に隠された真意に気づく想像と知恵を身につけることなのである。

サン＝テグジュペリの未完に終わった大作『城砦』には、『星の王子さま』に通ずる考え方が随所に見られる。砂漠の族長は、しばしば星から来た王子さまと同じ思想を語るが、言葉に対する警戒心もまた両者に共通している。「もしおまえが、人間たちを理解しようと欲するならば、彼らが語る言葉に耳を傾けてはならない」(著作集7、281) と、族長は教え諭すのである。

王子さまは、「ぼくはまだ若すぎて、彼女を愛するにはどうすればいいのかわからなかった」

と述懐する。これに対して、ムニエは、「地球に到着してからわずか一歳だけ年をとったにすぎない少年の言葉としては、ずいぶんと逆説的である。しかし、彼は年をとったのだ。それは彼が変わり、成長し、成熟したことだと理解すべきである」(Meunier, 109) と指摘している。王子さまが自分の星を出立してから地球に着くまでに要した時間はわからないが、のちに見るように、地球に着いてからは一年が経過しただけである。だが、実際に経過した時間とは別に、王子さまの成長がその間になされたことは確かだろう。

ところで、『星の王子さま』にあらわれる唯一の女性的形象であるこのバラのモデルについては、さまざまな見解がある。ドレーヴァーマンは、「『星の王子さま』の物語は基本的にただ一つの中心的な神秘だけを含んでいて、他のすべてはこの神秘にとっての外装、結果あるいは反応にすぎない。そしてこの神秘とは、神秘的なバラのイメージのもとに花開くものである」と述べる。そして、彼によれば、精神分析家の目にはこの神秘は明白であり、「母の神秘」(Drewermann, 79) なのである。愛すべき花であると同時にトゲをもつバラは、作者サン＝テグジュペリの母のシンボルである。ドレーヴァーマンによれば、冒頭にあらわれる象を呑み込んだ大蛇《ボア》もまた、子どもを呑み込もうとする母のシンボルだということになる。実際、『母への手紙』(著作集4) をひもといてみれば、サン＝テグジュペリが少年時代からどれほど母に執着していたか、また母から自立できない子どもであったかがよくわかる。とはいえ、私たちの目からは、王子さまとバラのやりとりのなかに子どもと母親の関係を見るのは、多少無理があるようにも感じられる。

王子さまとバラの関係は、母子関係というよりはやはり恋愛関係であるだろう。まず、R－M・アルベレスは、『星の王子さま』のバラに『南方郵便機』のヒロインであった「ジュヌヴィエーヴの面影をみとめるのもむつかしいことではないだろう」（アルベレス、59）と書いている。そのジュヌヴィエーヴのモデルになったのが、サン＝テグジュペリの婚約者であったルイーズ・ド・ヴィルモランである。シフは、このルイーズの姿を『星の王子さま』のバラのなかに見ている。彼によれば、「そのストーリーとうぬぼれ屋でわがままなバラの花とはルイーズとの破局を語っている」（シフ、121）のである。

さらに、サン＝テグジュペリの妻コンスエロの姿を見ることはいっそうたやすい。このバラは、種子の状態で他所からやってきて、王子さまの星で芽を出し花を咲かせる。それはコケットで、美しく誇り高い女性として描かれる。彼女は美しく装う準備ができるまで、王子さまの前に姿をあらわさない。この時点においては、花はおそらくコンスエロである。ウェブスターによれば、「彼女は、身支度に手間取って何時間も友人を待たせた」（ウェブスター、204）のであり、まさしくバラの身支度はコンスエロのそれをなぞっている。実際、コンスエロ自身が、みずからの回想録に『バラの回想』と表題を付し、そのなかで、自分こそがバラのモデルであると主張している。「私はその花が自分であることを知った。彼が『星の王子さま』で言っているように、誇り高い花は」（コンスエロ、242）。

だが、ニューヨークで『星の王子さま』を執筆していたとき、サン＝テグジュペリの傍にはコンスエロがいたのである。自分の星を飛び出すまでの王子さまとバラの関係に、作者と妻の関係を見るのは可能であるだろう。だが、地球に降り立ってから王子さまは、故郷の星に残してきた花を懐旧し、後悔の思いにとらわれる。これには妻コンスエロにたいする感情とは別の要素があるように思われるが、この問題についてはのちほどあらためて考察することにしよう。

第九章

第九章冒頭ではいきなり、王子さまが星を「逃げ出す」話から始まるが、その決心へ至るまでの過程については説明がなされない。

僕が思うに、王子さまは星から逃げだすのに、渡り鳥を利用したのだ。出発の朝、彼は自分の星をきちんと片づけた。活動中の火山の煤払いを念入りにやった。彼の星には、二つの活火山があった。これは朝食を温めるのにとても便利だった。休火山も一つあった。でも、彼が言っていたように、「いつ噴火するかわからない！」。そこで彼は、休火山も同様に煤払いをした。きちんと煤払いをしておけば、火山は静かに規則正しく燃えて噴火することはない。火山の噴火は、煙突火事のようなものだ。もちろん、地球上では、僕たち人間は小さすぎて火山の煤払いはできない。そのため、火山は多くのやっかいな事態を引き起こすことになるんだ。

語り手は、王子さまの移動手段について推測し、その絵を描いている。この鳥の力を借りた移動は、いかにもファンタジーの手法に従っているように思われる。王子さまの飛ぶ場所が、たんに空ではなく宇宙空間である点を別にすれば、セルマ・ラーゲルレーフの『ニルスのふしぎな旅』などの子ども向け物語を想起させるだろう。また、渡り鳥を利用しての移動という点では、十七世紀に数多く生み出された空想旅行小説の一つであり、月世界旅行記の先駆である『月の男』がある。イギリス人フランシス・ゴドウィンによって書かれたこの物語では、二十五羽の渡り鳥の雁が月へと帰っていくのを利用して、月世界へと旅する男が登場する。

ここでは、物語はすぐに出発の日の朝の状況へと移行し、王子さまが三つの火山の煤払いをおこなう様子が語られる。バオバブの場合と同様であり、日頃の注意と規律が大切であることを教える。この火山について、ケイトは「南パタゴニアでサン＝テグジュペリが見た死火山の噴火口から思いつかれたものである」（ケイト、下154）と述べている。実際、『人間の大地』では、ガエゴス河南側の火山地帯の上を飛ぶ飛行士は、「かつて千にもおよぶ火山が、焔を吹きあげながら、巨大な地下のパイプオルガンを通じてたがいに共鳴しあっていたその廃墟の情景」（著作集1、190）を語っている。この記憶にもとづいて、サン＝テグジュペリは王子さまの星の火山を

「死火山」（拙訳では「休火山」とした）と表記している。そして、本来ならけっして噴火するはずのない死火山も、王子さまは「いつ噴火するかわからない」と言うのである。

また、この三つの火山の象徴的解釈もいろいろ提出されている。ルネ・ゼレールによると、二つの活動している火山は愛と創造を、そして死火山は失った信仰を表すのである（Zeller, 83）。しかし、ゼレールはそうした解釈の根拠を明示してはいない。また、イヴ・モナンによると、これは三位一体を象徴しており、活火山が父と息子、死火山が聖霊ということになる（Monin, 74）が、しかしこれも仮説にすぎないだろう。ただ、火山がなんらかの生命的エネルギーの象徴であることは間違いないだろうし、またこのエネルギーは適切に排出させてやり、コントロールすることが必要だ。さもないと、「やっかいな事態」を招いてしまうのである。

王子さまは、「二度と戻って来ることはないだろう」と考えながら、バオバブの最後の芽を引き抜く。王子さまとバラの別れの場面は次のようである。

> 「お別れだよ」と彼は花に言った。
> でも、彼女は答えなかった。
> 「お別れだよ」と彼はもう一度言った。
> 花は咳をした。でも、それは風邪のせいではなかった。
> 「ばかだったわ」と、とうとう彼女は言った。「許してちょうだい。幸せになってね」

非難めいた口調ではないことに、彼はびっくりした。ガラスの笠を手に持ったまま、すっかり面食らって立ち尽くしていた。こんな穏やかな優しさなんて、理解できなかったのだ。

「ええ、そうよ、あなたが好きよ」と花は言った。「あなたがそのことに少しも気づかなかったのは、あたしが悪かったの。それはどうでもいいことだけれど、でも、あなたもあたしと同じくらいばかだったのよ。幸せになってね……笠はそこに置いてちょうだい。もう要《い》らないわ」

「でも、風が……」

「あたしの風邪は、たいしたことはないわ……夜の冷たい空気は気持ちがいいことでしょう。あたしは花ですもの」

「でも、獣たちが……」

「毛虫の二、三匹は我慢しなくちゃいけないわ。蝶々と親しくなりたければね。蝶はとても美しいって聞いたことがあるわ。そうじゃなければ、誰があたしのところを訪ねて来てくれるの？　あなたは遠くへ行ってしまうのだもの。大きな獣たちだって、ちっとも怖くはないわ。あたしには爪があるわ」

彼女は無邪気に四つのトゲを見せた。それから言いそえた。

「そんなふうにぐずぐずしていてはだめよ。苛々してくるじゃないの。あなたは旅立つと決めたんでしょう。さあ行ってちょうだい」

というのも、彼女は泣くところを見られたくなかったのだ。それはほんとうに気位の高い花だったから……。

この期におよんで、花からの愛の告白がなされる。第六章では、王子さまとバラは、「あなた」と相手を指す場合に丁寧な言葉使いの vous で話していたが、第七章の別れの場面では、バラは王子さまにより親しい間柄で用いる tu で話しかけている。「お別れだね」と王子さまは二度バラに声をかけるが、この別れの言葉は、「また会いましょう」の意味をもつ Au revoir ではなくて、「もうこれ限り」の Adieu である。王子さまは、ふたたび星に戻ってくることはないと思っているのだ。

いわば母屋を乗っ取られた形で、王子さまは遍歴の旅に出るが、ここでは出立の理由は明確に示されていない。第十六章に至って、地球に降り立った王子さまはまず初めにヘビに出会い、何をしに地球に来たのかとたずねられて、「花といさかいがあった」と答える。だが、それだけでは、彼の出立を説明するには充分ではないように思われる。花が自分の過ちを認めて謝罪し愛の告白をする時点で二人が和解していれば、旅立ちの必要はなかっただろう。

王子さまの旅立ちは、彼の成長にとって必要な試練なのだ。第二章から第九章まで、語り手は王子さまとの対話を通じて、王子さまについて、またその「生活の秘密」について少しずつ知ることになった。しかし、ここから物語は、語り手との対話の形をとらずに、王子さまの探求物語へと展開していく。友だちの探求というのがその名目であるが、しかしすべての探求物語は自己探求に他ならない。王子さまもまた自分探しの旅に出るのである。

ブリュモンは、物語の構造分析の定式に従って、登場人物の役割を考察した。それによれば、「送り手」は花であり、「目的」は友だちを見つけること、「主体」は王子さま、「受け手」は語り手であるパイロットおよび読者、「補助者」は王子さまが出会う人々や動物ということになる。そしてここには王子さまの探索の旅を邪魔する「敵対者」がいない。これは敵対者のいない物語なのである。王子さまを旅立たせる花もまた、「送り手」であると同時に「補助者」の役割を果たしている。「この物語のなかに、明確に定義された真の敵対者を見い出すことは不可能のように思われる。それぞれの作中人物が、それぞれのやり方で、主人公の成功に協力している。彼を旅立たせる花でさえも、補助者としての価値をもっている。なぜなら、王子さまは自分の星から逃げ出すことによって、探索の目的を達するのだから」(Brumond, 57)。

ほかの星からやってきたこのバラは、王子さまの成長のためにあたえられた「補助者」であるとみなすことができるだろう。『城砦』の族長は次のように述べている。「王であるわたしは、おまえを成長させることができるただ一本のバラの木をおまえにあたえるであろう。(……)おまえは、まずもって、つるはしで土地を掘り返す者に、鋤で土地を掘り返す者になるであろう。朝には、起き出して、水を撒くであろう。また、おのれのわざを監視し、青虫や毛虫から守るであろう。ついで、そこから萌え出る蕾は、おまえの心に迫るものとなるだろう。そして、バラの花が開けば、おまえの祝祭が訪れるであろう」（著作集8、117）。バラの世話をすることが成長に必要な試練であるが、王子さまの場合はそれだけではない。このバラの価値を認識するために、彼は遠い旅に出ることが必要だったのだ。

第七章から第九章までの三つの章は、「バラ」の主題によって連続している。第七章は不時着から五日目となり、ヒツジとバラの争いが議論になる。第八章は「たちまち僕は、王子さまのその花のことをいっそうよく知るようになった」と始まるので、やはり五日目のことと想定されるが、ここで王子さまとバラとの出会いが語られる。そして第九章においては、バラとの別離、星からの脱出へと物語は展開するのである。

第十章

王子さまがやって来たのは、小惑星325、326、327、328、329、330のあるあたりだった。彼はまず初めに、これらの星を訪問して、そこで自分のやるべき仕事を探したり、必要な知識を得ようとした。

王子さまの星はB612であった。彼が訪れる小惑星には、325から330までの連番が付されており、これらはある地域にかたまって存在していると考えられる。王子さまの旅の目的は、「仕事」を見つけることと、「必要な知識を得」ることである。これは学習の旅であり、物語は教養小説のスタイルになり、ここから王子さまの遍歴と修業の惑星巡りが始まる。これらの六個の小惑星には、それぞれひとりずつの住人が居て、彼らは家族も友人もいない独居生活者である。六人全員がおとなの男性であり、女性と子どもはいない。六人のうち三人が職業をもっており（ビジネスマン、点灯夫、地理学者）、あとは王様という身分を、うぬぼれ屋という性格を、呑ん兵衛という性癖を有している。

いくつかの本では、『星の王子さま』を論じるときに、いきなりこの星巡りから始めているものもあり、この部分だけで独立した挿話を構成している。この星巡りは、『星の王子さま』の物語にとって必ずしも本質的な部分ではないが、ただこの作品に風刺物語としてのおもしろさと、多彩なキャラクターの魅力をあたえることに貢献しているといえるだろう。

また、この星巡りは、ラブレー『第四之書　パンタグリュエル物語』や、スウィフト『ガリヴァー旅行記』のような空想旅行記における島巡りのパロディでもあるだろう。大海に浮かぶそれぞれ個性豊かな島々が、ここでは宇宙空間に浮かぶ小惑星によって置き換えられているのである。

最初の星には、ひとりの王様が住んでいた。彼は、緋色の衣装とオコジョの毛皮を身にまとい、ごく簡素ではあるものの、壮麗な玉座に座っていた。

「おお！　家来がやって来た！」と王様は、王子さまを見るなり叫んだ。王子さまは訝った。

「まだ会ったこともないのに、どうしてぼくのことを知っているんだろう！」

王様たちにとって世界はとても単純にできているということを、王子さまは知らなかった。

彼らにとっては、あらゆる人間が家来なのだ。
「近くに寄りなさい、おまえがもっとよく見えるように」と王様は言った。やっと王様らしく振舞える相手を見つけて、彼はたいそう誇らしげだった。

最初の星では、まず家来を必要としている王様のほうから声をかける。その壮麗な衣装、鎮座している玉座、権威をふりかざす態度、すべてが妖精物語に登場する伝統的な王様のイメージにかなっている。イヴ・ル・イールが指摘しているように、「近くに寄りなさい、おまえがもっとよく見えるように」という王様のことばは、『赤頭巾ちゃん』のおばあさんに変装した狼のせりふを思い出させるし、また王様があとで二回にわたって例に引く「海鳥に変身する」という話は、妖精物語の魔法による変身のパロディであるだろう（Le Hir, Y., 23)。
このあと、王子さまと「何よりも、自分の権威が尊重されることを望んで」いる王様とのあいだで、ユーモラスなやりとりがしばらく続くが、そこで王様は、自分が宇宙にあるすべての星を支配し、自分の意のままに服従させるのだと断言する。それほどまでの権力を目の前にして王子さまは驚嘆せずにはいられない。

もし彼自身がそのような権力を持っていたら、一日のうちに、四十四回と言わず七十二回でも、いや百回や二百回でも、椅子を少しも動かさずに夕陽を見ることができただろうに！

そこで、自分が見捨ててきた小さな星を思い出した王子さまは、少し悲しくなり、思いきって王様の厚意にすがった。

「ぼくは夕陽が見たいんです……お願いです……太陽に、いま沈むように命じてくださいい……」

最初に訪れた王様の星で、王子さまは早くも自分の星を思い出すが、しかし彼はバラではなく、まず夕陽を思い出すのである。王子さまの夕陽が見たいという願いに対して、王様は「人にはそれぞれ可能なことだけを求めなくてはならぬ」と言う。けっして筋道の立たないことは言わない王様なのだ。さらに、彼は、「わしが服従を要求する権利を持っているのは、命令が道理にかなっているからなのだ」と説明する。これは合理主義の王様でもある。

だが、王子さまはひとたび質問したら解答を得るまで、けっしてそれを忘れないのだから、ふたたび王様に問いかける。

「それで、ぼくの夕陽はどうなりましたか？」と、ひとたび質問したらけっして忘れない王子さまは、話を元にもどした。

「夕陽のことは大丈夫、見せてやろう。わしはそれを命じよう。だが、わしの統治の知恵では、潮時になるまで待つのじゃよ」

「それはいつのことですか?」と王子さまはたずねた。

「えへん! えへん!」と王様は答えて、まず大きな暦を調べた。「えへん! えへん! それは、おそらく……おそらく……今晩七時四十分ごろじゃ! その時、おまえにはわかるだろう、わしの命令が守られたことが」

王子さまはあくびをした。夕陽が見られなくて残念だった。それからはもう、少しうんざりしてしまった。


王様とは命令を発する者であり、その命令が従われることによって、自分の存在理由が成り立つ。潮時まで待つというのは、自分の命令に宇宙を従わせることではなくて(そんなことは不可能だから)、宇宙の法則に自分の命令を従わせることであり、それは結局のところ宇宙の法則に合わせて命令を発することである。それこそが、王様によれば可能な、道理にかなった命令であり、彼の統治の知恵なのだ。

ここで王様は家来としての王子さまを必要としているので、さまざまな理由を見つけて引き留めようと試みる。王子さまを「法務大臣」に任命して、この星にいるはずのネズミを探し出して裁くように言ったりするが、しかし王子さまのほうでは退屈して、ここでは何もすることがないと感じている。王様とのやりとりは結局のところ堂々めぐりで、それにうんざりした王子さまは、この星を立ち去ることを決心する。

「もし、陛下の命令がきちんと守られることを望まれるなら、ぼくに道理のある命令を与えてください。たとえば、ぼくに一分以内に出発するように命じてください。もう潮時だと思います……」

王様が何も答えなかったので、王子さまは、初めはためらっていたが、それからため息をついて、出発した……。

「おまえを大使に任命するぞ」と、そこで王様はあわてて叫んだ。

彼はたいそう威厳に満ちた様子だった。

「おとなたちって、ずんぶん不思議な人たちだ」と王子さまは、旅を続けながら心の中で思った。


ここで王子さまは逆手をとって、王様が宇宙の法則に合わせて命令を下したように、今度は王子さまの出発の意志に合わせて命令を発するように要求する。これこそが潮時に対する、王様の統治の知恵への要求であるはずなのだ。これは相手の論理を利用したみごとな逆襲であり、王様もすぐには答えることができない。それでもこの王様はなかなかの知恵者であって、最後には「大使に任命するぞ」と言って、あくまで威厳を保とうとするのである。

この星を立ち去るにあたって、王子さまは「不思議な王様だ」と言わずに、「おとなたちって、ずいぶん不思議な人たちだ」と、この最初の出会いから一般化をはかる。王子さまが自分の星に居たとき知っていたのは、火山とバラの花、そして夕陽だけだった。旅立って初めて彼は人間に出会うのだが、まだ一人のおとなに出会っただけなのに、早くも「おとなたち」と複数形になっている。王様という個別のおとなを相手にしているだけでなく、おとな一般という概念をすでに王子さまは所有しているのである。その意味で、この王様は「おとなたち」と呼ばれる種族（それはすでに見たように「子どもたち」の対立概念である）の性格の一面を象徴する存在として登場している。

第十一章

遍歴の旅に出た王子さまは、最初の星から「不思議な人」に出会ってしまうが、以後も次々と「おかしな人たち」があらわれる。

二番目の星には、うぬぼれ屋が住んでいた。

「おお！　おお！　崇拝者の来訪だ！」と、うぬぼれ屋は王子さまの姿を認めるや遠くから叫んだ。

なぜなら、うぬぼれ屋にとっては、ほかの人間たちはみな自分の崇拝者だったから。

「こんにちは」と王子さまは言った。「変わった帽子ですね」

「挨拶するためなのだ」と、うぬぼれ屋は答えた。「拍手喝采を受ける時に挨拶するためなのだ。ところが残念なことに、ここは人っ子ひとり通らないときている」

「ああ、そうなの？」と事情がよく呑みこめない王子さまは言った。

「手をたたいてみたまえ」と、うぬぼれ屋が促した。

王子さまは手をたたいた。うぬぼれ屋は帽子を持ち上げて、控え目に挨拶した。

「これは王様を訪問した時よりおもしろいや」と王子さまは心の中で思った。そこで、もう一度、手をたたきはじめた。うぬぼれ屋は、ふたたび帽子を持ち上げて挨拶をはじめた。

五分もやっていると、王子さまは、この単調な遊びに飽きてしまった。


王様の場合と同じく、うぬぼれ屋も他者を必要としている。だからこそ彼らは、王子さまを見て、自分たちのほうから反応し、声をかける。王様の第一声は「家来がやってきた」であり、うぬぼれ屋の場合は「崇拝者の来訪だ」である。王様と家来、うぬぼれ屋と崇拝者というのは、一方は社会階層的な上下関係であり、他方は心理的な上下関係である。だが、王子さまは王様の前ではあくびをし、うぬぼれ屋との遊びにはすぐ飽きてしまう。こうした単純な人間関係は、人を退屈させるだけなのだ。

家来のいない王様や、崇拝者のいないうぬぼれ屋は、自分たちの存在理由を持たない。彼らは自分の存立基盤を全面的に他者に依存しながらも、その他者を見つけることができず、また見つけたとしてもその関係を良好に維持することができない。結局のところ、彼らは虚名の存在であり、孤独な独居者なのである。

称賛の言葉しか耳に入らないうぬぼれ屋を相手にして、いささかあきれた様子で「肩をそびやかす」王子さまは、この星を早々に立ち去ることになる。

「おとなって、ほんとうにおかしな人たちだ」と彼は、旅を続けながらそれだけを心の中で思った。

第十二章

三番目の惑星には呑ん兵衛が住んでいるが、王様やうぬぼれ屋の場合と違って、今度は王子さまのほうから声をかける。というのも、呑ん兵衛は他者を必要としていないからであり、彼には酒瓶だけがあればいいのである。

「そこで何をしているの?」と彼は、立ち並んだ空瓶とまだ満杯の瓶を前にして、黙って座りこんでいる呑ん兵衛を見て言った。

「呑んでいるのさ」と呑ん兵衛は、ふさぎこんだ様子で答えた。

「なぜ呑んでいるの?」と王子さまは彼にたずねた。

「忘れるためさ」と呑ん兵衛は答えた。

「何を忘れるためなの？」と早くも不憫に思いはじめた王子さまは問いかけた。

「恥ずかしい気持ちを忘れるためさ」と呑ん兵衛はうなだれて告白した。

「何が恥ずかしいの？」と王子さまは、彼を救いだそうと問い続けた。

「酒を呑むのが恥ずかしいんだよ！」と呑ん兵衛は言ったきり、沈黙の中に閉じこもってしまった。

そこで、途方に暮れて、王子さまは立ち去った。

「おとなって、ほんとうに、まったくもっておかしな人たちだ」と彼は、旅を続けながら心の中で思った。


明らかに呑ん兵衛は悪循環に陥っている。もし、彼がこの悪循環から脱する可能性があるとすれば、アルコール依存症患者の場合がそうであるように、それは他者の助けをかりることによってであろう。しかし、王子さまがこの他者の役割を果たすことはない。呑ん兵衛は沈黙の中に閉じこもって、他者との回路をみずから閉ざしてしまう。「そこで何をしているの？」と、せっかく王子さまが声をかけてくれたのに、ごく短いあいだであったが言葉のやりとりをして対話が成立しかけたのに、呑ん兵衛はこの好機をとらえることができない。結局、彼は酒瓶との無言の対話を果てしなく続けるしかないのである。

王様やうぬぼれ屋の前では退屈した王子さまだが、ここでは「途方に暮れて」「すっかり憂鬱」になる。これは王子さまが出会ったなかで、いちばん救いようのない人なのだ。ただ、呑ん兵衛も「おかしなおとなたち」のひとりであるが、同時に哀れな存在でもある。そして、彼は自分の行為が恥ずべきことだと知っており、それが他の星の住人たちと決定的に違う点である。

第十三章

四番目の星は、ビジネスマンの星だった。この男はとても忙しくて、王子さまがやって来ても頭をあげることさえしなかった。

「こんにちは」と王子さまは言った。「たばこの火が消えてますよ」

ビジネスマンも他者を必要としていない。彼には数字さえあればいいのであり、ひたすら数をかぞえている。というわけで、呑ん兵衛の場合と同様、ここでも王子さまのほうから声をかけて、次々と質問をなげかける。その質問に、呑ん兵衛は逃げるように短い答えを返したが、ビジネスマンは、仕事の邪魔をされることが不満で、ぶっきらぼうな返事をよこすのだ。しかし、「ひとたび質問すると、けっして諦めたことのない王子さま」なのだから、ついにはビジネスマンも平穏が得られないと観念して、王子さまの相手を務めることになる。

このビジネスマンは、空の星を所有していると思いこんで、それを数えているのだった。王様は星を治めているだけだが、自分は星を所有している、まったく違うんだと力説するビジネスマンに向かって、王子さまはこうたずねる。


「それで、星を所有して、なんの役に立つの？」

「金持ちになるのに役立つのさ」

「それで、金持ちになると、なんの役に立つの？」

「もし誰かが、ほかの星を見つけた時に、それを買うのに役立つのさ」

「この人は」と王子さまは心の中で思った。「あの呑ん兵衛と同じような理屈をこねているよ」


ビジネスマンの論法は、星を所有する→金持ちになる→星を買う→所有する、と循環する。他者を必要としない呑ん兵衛とビジネスマンは、一方は酒の、他方は所有のとりことなっており、彼らは果てしのない堂々巡りにおちいって、その枠から外へ出ることができない。ただし、呑ん兵衛は自分の堂々巡りが恥ずべきことだと自覚しているのに対して、ビジネスマンは自分が「まじめな仕事」に取り組んでいると信じている。

だが、王子さまはさらに質問をかさねて、ビジネスマンが執着している「所有」の虚妄をあばくことになる。


けれども、彼はさらに質問を重ねた。

「どうすれば星を所有できるの？」

「星は誰のものかね？」とビジネスマンは、気むずかしい顔をして逆に質問した。

「知らない。誰のものでもないよ」

「それなら俺のものなんだ。なぜって、俺がいちばん最初にそれを考えついたんだからね」

「それだけでいいの？」

「もちろんだとも。君が誰のものでもないダイヤモンドを見つけたら、それは君のものだ。誰のものでもない島を見つけたら、それは君のものだ。あるアイデアを最初に思いついたら、その特許を取ることができる。それは君のものなんだ。そして、俺は星を所有している。なぜなら、俺より先に誰も星を所有するなんて考えつかなかったからだ」


ここには、ジャン＝ジャック・ルソー『人間不平等起源論』第二部冒頭の有名な句を思い出させるものがある。「ある土地に囲いをして〈これはおれのものだ〉と言うことを思いつき、人々がそれを信じるほど単純なのを見いだした最初の人間が、政治社会の真の創立者であった」（ルソー、152)。ただ、ルソーの所有者が自分の権利を他人に信じさせることに成功するのに対して、このビジネスマンの所有権はだれにも認証されていない。他者との関わりをもたない彼はただ独り相撲をとっているにすぎず、彼の所有はたんなる自己満足である。その意味では、こっけいではあっても罪のない独占欲であるといえるかもしれない。

王子さまは、ここでも執拗にビジネスマンにたずねる。星を所有することが何の役に立つのか、星を所有してどうするのか、所有した星を「銀行に預ける」とはどういう意味なのか。それに対して、ビジネスマンは、「小さな紙切れに、俺の星の数を記入」して、それを引き出しに入れ、鍵をかけてしまっておくのだと答える。すると、王子さまは、それは「ずいぶん詩的だな。でも、あまりまじめとは言えないや」と考える。

「ぼくは」と彼はさらに言った。「ぼくは一輪の花を持っていて、毎日、水遣りをするんだ。ぼくは三つの火山を持っていて、毎週、煤払いをするんだ。休火山も同じように煤払いをする必要があるからだよ。いつ噴火するかわからないからね。ぼくがそれらを持っていることは、火山にとって役立っているし、花にとって役立っている。でもきみは、星の役に立っていない……」

ビジネスマンは口を開いたが、答えることばが見つからなかった。そこで王子さまは立ち去った。

ビジネスマンの所有はそれ自身が目的化していて、所有のための所有であり、それに対して、王子さまは有用性という視点をもちだす。それは、お互いの関係において相手に役立つということだ。所有するとは相手に対する責任をもち、世話をし、相手のために仕えることである。これまで王子さまは、王様、うぬぼれ屋、呑ん兵衛に対して、奇妙な人たちだという感想を抱くだけだったが、ビジネスマンに対してはその奇妙な論理をはっきりと論駁し、反論できないほどに相手をやりこめている。

ウェブスターは、サン＝テグジュペリが『星の王子さま』のなかで「大物実業家たち、つぎつぎと事業に手を出すのに忙しくて、儲けた金を使って楽しむ暇もない人々への軽蔑の念」（ウェブスター、115）をあらわにしていると述べている。サン＝テグジュペリは、一九二六年から一九三一年まで、野心的な実業家ラテコエールが経営する航空会社のパイロットとして北アフリカと南アメリカの空を飛んだが、そこで見知ったラテコエールがこのビジネスマンの複数のモデルのひとりであるかもしれないと、ウェブスターは指摘している。

また、ここでは仏文のなかで、ビジネスマン（businessman）という英語が使われているように、アメリカの実業家たちに対する揶揄が見られるだろう。『星の王子さま』は作者のニューヨーク滞在中に執筆され、まずアメリカで出版されたが、この書物に顕著に見られるアメリカ文明批判に対しては、刊行当時から反発があったようだ。ケイトは、アメリカの読者を熱狂させた

『アラスへの飛行』に比べて、『星の王子さま』がアメリカにおいて「それほど熱狂的にうけいれられなかった」のは、部分的にはこの寓話がもつ辛辣な調子のせいであるだろう、と述べている。そして、「この作品に見られるアメリカ文明への皮肉な当てこすり」の一例として、ケイトは「自分の所有になる数百万の星の勘定に忙殺されて、たった一つの星さえも楽しく眺めることのできないビジネスマン」（ケイト、下 153）をあげている。

この物語のなかで、私たちがビジネスマン、それもアメリカ人らしきビジネスマンに出会うのはこれで三度目である。まず、第一章で、語り手はおとなたちの好む話題として、ブリッジ、ゴルフ、政治、ネクタイをあげていた。また、第七章においては、王子さまは、語り手の「まじめなこと」を批判する時に、計算に没頭して「おれはまじめだ」とくり返す赤ら顔の男の例を持ち出して、それは「キノコ」だと宣告していた。そして、この第十三章のビジネスマンもまた、五回もくり返して「おれはまじめだ」と言うのである。

ここまで、王様、うぬぼれ屋、呑ん兵衛、ビジネスマンと訪ねてきて、王子さまは、いつも去るときに、「おとなたちって変わっている」と言う。しかも、その表現の程度は次第に増大していく。まず王様に対しては「おとなたちって、ずいぶん不思議な人たちだ」、次にうぬぼれ屋には「おとなって、ほんとうにおかしな人たちだ」、そして呑ん兵衛には「おとなって、ほんとうに、まったくもっておかしな人たちだ」、最後にビジネスマンについては「おとなたちって、ほんとうに並はずれて変わっている」ととどめを刺すことになる。

第十四章

五番目の星はこれまででいちばん小さく、街灯と点灯夫のための場所がかろうじてあるだけだ。宇宙のこんな場所で街灯と点灯夫が何の役に立つのかと、王子さまは自問するが、どう考えてもわからずこう思う。

「この人は、ばかげているかもしれない。でも、王様や、うぬぼれ屋や、ビジネスマンや、呑ん兵衛ほど、ばかげてはいない。少なくとも、この人の仕事には一つの意味がある。彼が街灯を灯す時、それは星をもう一つ、あるいは花をもう一輪、生みだすようなものだ。彼が街灯を消す時、それは花や星を眠りにつかせることになる。これはとても美しい仕事だよ。美しいからこそ、ほんとうに役に立っているんだ」

王様は星を治め、ビジネスマンは星を所有する。それに対して、点灯夫は星をあるいは花を生み出すのである。何の役に立たないように見えても、彼は空に美しいものを一つ誕生させるのだ。物語の最後で、王子さまは語り手に向かって夜空の星という星が花開くさまを語るが、この点灯夫の仕事はそうしたイメージを先取りしたものともなっている。

呑ん兵衛やビジネスマンと同様に、点灯夫も他者を必要としていない。あるいは、むしろ、他者とかかわっている余裕がない。だから、王子さまのほうから挨拶する。「おはよう。どうして、いま街灯を消したの？」。それに対して、点灯夫は、「指令なんだよ」と答える。すぐに彼がまた街灯を灯すので、王子さまは「どうして、いま街灯をまた灯したの？」とたずねると、点灯夫はふたたび「指令なんだよ」と答える。彼によれば、「星は年々、だんだん速く回転するようになったのに、指令は変わらなかった」。そこにこそ彼の悲劇がある。そして今では、「星は一分間で一回転」するから、「一分間に一回、灯したり消したり」しなくてはならない。この不条理な「指令」はどこかしらカフカ的「掟」を連想させるが、それに束縛された点灯夫は、行動の自由を奪われて、休息することも眠ることさえもできないのである。

王子さまは、彼をまじまじと見て、指令にきわめて忠実なこの点灯夫が好きになった。かつて、自分で椅子を動かして探しだそうとした夕陽のことが思い出された。彼はこの友人を助けてやりたいものだと思った。

最初に訪れた王様の星で、早くも王子さまは自分の星の夕陽を懐かしんでいたが、ここでまた夕陽を思い出す。王子さまは点灯夫に同情を寄せて、彼が休息できるようなやり方を提案するが、それも効果がないとわかり、結局この星をあとにするのである。

「あの人は」と、さらに遠くへ旅を続けながら、王子さまは思った。「あの人は、ほかの人たち、王様や、うぬぼれ屋や、呑ん兵衛や、ビジネスマンから、ばかにされるだろうな。でも、彼だけは、ぼくにとって奇妙に思えない人なんだ。それは、たぶん、あの人が自分以外のことに専念しているからだ」

王子さまは、心残りなまま、ため息をついて、またこう考えた。

「友だちになれたかもしれない只ひとりの人なのに。でも、彼の星はほんとうに小さすぎる。二人分の場所はないんだ……」

王子さまが胸のうちにしまっておいたことがある。彼はこの星を懐かしんだ。それは、この星が二十四時間のうちに一四四〇回も夕陽が見られる、とりわけ恵まれた星だったからなんだ！

王子さまは、ここで初めて奇妙ではないおとなと出会うが、それは点灯夫が自分以外のことに専念しているからだ。しかし、彼は他者とかかわっているわけではなく、指令というものに忠実なだけである。彼はその不条理な指令から自分を解き放つすべを知らない。星の動きは変わってしまったが、指令は昔のままである。点灯夫もまた自分自身を変えることができずに、昔の指令にしばられたままなのだ。

モナンは、「点灯夫は世界の進歩（ガス灯という古めかしい表現）と自分の進歩を拒否するのだ」（Monin, 92）と述べているが、確かに古い職業と昔の指令に固く結ばれたこの点灯夫には懐旧的な色合いが濃厚である。ヴォルフガング・シヴェルブシュ『闇をひらく光』などによれば、実際、パリの場合であれば、十九世紀末から二十世紀初めにかけて、街灯のガス灯は次第に姿を消して、アーク灯へ、次いで白熱灯へと座を譲っていったのであり、このガス灯の点灯夫は旧時代の職業を大事に守り続けているのである。

ケイトは、この点灯夫が、作者が少年時代を過ごしたサン＝モーリスの思い出に由来すると述べている。「サン＝モーリスの田園監視人は、短い竿と梯子とをもって、足を引きずりながら街燈のランプを一つずつ点していったものである（……）そして後年、『星の王子さま』の名もなき点灯夫となって蘇る」（ケイト、上31）。王子さまが点灯夫に好意を寄せるのは、作者の過ぎ去った時代への懐旧が反映しているように思われる。

ここで王子さまは、「友だちになれたかもしれない只ひとりの人なのに」と残念に思う。指令に束縛された点灯夫には他者を受け入れる余裕がないのだ。王子さまは、未練のため息をついて、おとなって奇妙だ、というあの決まり文句を言わずに旅立つことになる。

第十五章

六番目の星は十倍も大きい星だった。そこには、並はずれて大きな本を書いている老人が住んでいた。

「おや！　探検家がやって来たぞ！」と彼は、王子さまの姿を認めるや叫んだ。

王子さまは机の上に腰かけて、少し息をついた。もうずいぶんと長い旅をしてきたのだ！

「どこから来たのかね？」と老人はたずねた。

「この大きな本はなんですか？」と王子さまは言った。「ここで何をしているんですか？」

「わしは地理学者なのだ」と老人は言った。

この老人は地理学者であり、彼は他者（探検家）を必要としている点においては、「家来がやって来た」あるいは「崇拝者の来訪だ」と言う王様やうぬぼれ屋と同族である。彼は自分のほうから王子さまに声をかけて、「探検家がやって来たぞ！」と叫ぶのだ。

すでに見たように、語り手は、子供時代に教えられた地理学がパイロットになってからもたいへん役立ったと、皮肉混じりに述べていた。ウェブスターは、王子さまが訪れるこの地理学者の中に、作者の祖父に対する揶揄を見ている。サン＝テグジュペリは、幼い頃、祖父フェルナンをうとましく思っており、この白髭の長老の絶対的な権威に服していた。『星の王子さま』に登場する地理学者はこの祖父のカリカチュアで、そこには、大きな書物にむかっている偉そうな老人を見て、少年が驚嘆する様子が描かれている」（ウェブスター、55-56）。

ここで、いつものように王子さまが次々とくり出す質問に対して、地理学者がさも自分が大学者であるかのように返答し、次に地理学者と探検家との相違を説明する。

「わしは探検家ではない。ここには探検家がひとりもいないのじゃ。町や、川や、山や、海や、大洋や、砂漠の数をかぞえに行くのは地理学者ではない。地理学者はとても偉いから、出歩いたりはしないのだ。自分の書斎を離れることはない。その代わり、探検家を迎え入れるのだ。彼らに質問して、その報告を書きとめる」

ビジネスマンは自分が「まじめ」だと思っていたが、地理学者は自分が「とても大事」で、地理学の本が「いちばんまじめな本」だと思っている。

すでに冒頭から「おや！　探検家がやって来たぞ」と言っていた地理学者であるが、ここで突然気づいたように、「そうだ、君は遠くから来たんだ！　探検家なんだ！　君の星について語っておくれ！」と叫ぶ。ここで、王様―家来、うぬぼれ屋―崇拝者と同様の地理学者―探検家という二項的人間関係の中に王子さまは巻き込まれてしまうが、もちろんこれは友だちになったわけではまったくなく、こうした貧しい関係が長続きするはずがない。さしあたって王子さまは、自分の星には火山が三つあって、花も一輪咲いていると説明する。それに対して、地理学者が花ははかないものだから記録しないと言うので、王子さまはいつものように、「どういう意味なの？〈はかない〉って？」とくり返したずねることになる。

「でも、どういう意味なの、〈はかない〉って？」と、ひとたび質問するとけっして諦めたことがない王子さまは、また言った。

「それは、〈近いうちに消えてなくなるおそれがある〉という意味じゃよ」

「ぼくの花が、近いうちに消えてなくなるおそれがあるの？」

「もちろんだとも」

「ぼくの花は、はかないんだ」と王子さまは考えた。「外界から身を守るものといっては、四つのトゲしか持っていないのに！　それなのに、ぼくは花をひとりぼっちで星に残してきてしまったんだ！」

　これは、彼が感じた最初の後悔だった。けれども、彼は気を取り直した。

「次に、どこを訪問すればいいか、教えてくれませんか？」と彼はたずねた。

「地球だね」と地理学者は答えた。「たいそう評判がいいよ……」

　そこで王子さまは旅立った、自分の花のことを考えながら。


　地理学者は、「不変の事物」にこそ関心を抱き、「はかない」ものにはまったく興味を示さず、そんなものは重要でないと考えている。しかし、彼は、彼の意図とはかかわりなく、王子さまに大切なこと、すなわち「はかない」ということの意味を教えることになる。地理学者にとっては価値のない「はかない」ものこそ、王子さまにとっては貴重なものなのだ。

　ここで、王子さまは最初の後悔の感情を抱く。花ははかないものだからこそ、自分が守ってやらなければならない。この責務の意識は、やがてキツネとの出会いによってより明確なものになるだろう。彼は、旅立って以来初めて花のことを思い出し、花のことを考えたまま、さらに自分の旅を続けるのである。

　地理学者は、王子さまに「はかない」ということの意味を教えただけではなく、地球を訪れるように勧める。こうして王子さまの六つの小惑星訪問が終わることになる。これらの小惑星には、突飛な異星人が住んでいるわけではなく、そこの住人は地球上の住民といっさい変わることがない。その意味では、そもそもこれは宇宙空間である必要はない。それにまた、王子さま自身が異星人ではまったくなく、地球人の子ども、それも西欧人の子どもとまったく変わらない。これらの各人物と王子さまの間で、ユーモアと諧謔にみちたやりとりが展開される。王子さまは相手が何者なのかを知ろうとして、次々と質問を重ねるが、相手のほうでは、自分の関心の範囲内でしか王子さまと応対しない。すなわち、王子さまを家来、崇拝者、探検家と見るか、または自分の飲酒癖、所有欲、不合理な指令にしばられたままである。だれ一人として、王子さまを友だちとして迎え入れる者はいないのであり、この訪問から王子さまが知るのは、点灯夫の場合を別として、相手がただ「奇妙」な人だということだ。王子さまという好奇心いっぱいで質問好きの少年が、風変わりなおとなたちを次々と訪れて、相手の愚かしさを明らかにしていく、その過程が端的に描き出されている。

王子さまの移動手段については、第九章冒頭で星を出立するときに渡り鳥を利用したと推測されたが、そのあと、六つの惑星を訪れ、地球に到着するまで、その間の移動手段についてはいっさい語られることがない。最初の王様のところで、王子さまは「長い旅をしてきた」と言い、六番目の地理学者のところでも、「もうずいぶんと長い旅をしてきたのだ」と語られる。さらに次に見るように、地球から王子さまは自分の星を見あげて、「なんて遠いんだろう」と嘆息をもらす。このように王子さまの辿る旅路は遠いものとして設定されており、その遠さゆえに旅は試練としての意味を持つと言えるだろう。

この六つの小惑星訪問は王子さまに何をもたらしたのだろうか。彼はおとなたちが奇妙な人たちであることを知るが、それが以後の物語に直接的な影響を及ぼすわけではない。仮に王子さまがこれらの小惑星を歴訪せずにいきなり地球に降り立ったとしても、そのことによって寓話としてのおもしろさは減ずるものの、物語の因果関係の展開に支障が生ずるわけではないだろう。ただ、この小惑星歴訪はそれ自身で一つのまとまりを成しており、この星の訪問順序を入れ替えることはできない。すなわち、地理学者は最後に、すなわち地球訪問の直前に置かれなければならないし、王子さまが点灯夫に出会うまでに、王様、うぬぼれ屋、呑ん兵衛、ビジネスマンといった独善的で、それゆえに受け入れ難い人たちに会う必要があるだろう。

全二十七章のうちの第十章から第十五章までを占めるこの小惑星歴訪は、いわば中間部の幕間狂言を成しており、物語の筋立てとは直接関わりをもたないとはいえ、この作品の魅力を形成する重要な要素となっている。そして、物語は次の第十六章から後半部へと入るのである。

第十六章

七番目の星は、そんなわけで地球だった。

地球はありきたりの星ではないんだ！　ここには、百十一人の王様（もちろん黒人の王様たちも忘れず勘定に入れて）、七千人の地理学者、九十万人のビジネスマン、七百五十万人の酔っ払い、三億一千百万人のうぬぼれ屋、つまりおよそ二十億人のおとなたちがいた。

地球はまず、これまで王子さまが訪問した小惑星の住民たちが大勢いる場所として紹介される。そこには数量的増大だけがあり質的な相違はなく、小惑星は地球と異なった星である必要はなかったということになる。王子さまが奇妙な人だと思ったあのおとなたちが多量に住んでいるのが地球なのであり、単純計算では、王様、地理学者、ビジネスマン、酔っぱらい、うぬぼれ屋を総計すると、三億一千九百四十万七千百十一人となる。ここには含まれていない点灯夫については、別扱いであとで語られる。そして二十億人にするには、これにおよそ十六億八千万人を足さなければならないが、これがどういう人々なのかについては言及がない。

あとの数字の正確さはともかくとして、二十億人というのは当時の実際の地球上の人口数と同じである。だが、ここで「二十億人のおとなたち」とあることに注意しよう。ここからは子どもは除外されている（そしておそらくは女性も除外されている）。この本は子ども向けに語りかけながら、六歳のときの語り手と王子さまを除けば子どもが登場せず、王子さまが出会うのはおとなばかりである（それも男のおとなばかりだ）。わずかに、第二十二章で、列車の窓に鼻を押しつけて外の景色をながめる子どもたちに言及されるにすぎない。

小惑星の住民のなかでは、点灯夫だけが別に語られる。王子さまが訪問したときは、「彼が街灯を灯す時、それは星をもう一つ、あるいは花をもう一輪、生みだすようなものだ」と語られたが、ここではそれが数量的に拡大されて、壮麗な光のバレーが演じられることになる。

地球の大きさがどれくらいなのか、それをわかってもらうために、こんな例をあげよう。電灯が発明されるまでは、六つの大陸をあわせて、まるで軍団のような四十六万二千五百十一人の点灯夫を配置することが必要だったのだ。

少し離れて見ると、それは壮麗な効果を生みだしていた。この軍団の動きは、オペラのバレーさながらに規律正しいものだった。

ニュージーランドとオーストラリアに始まり、中国とシベリア、ロシアとインド、アフリカとヨーロッパを経て、南アメリカと北アメリカに至るまで、点灯夫たちは、順次に舞台に登場しては去っていく。「彼らはけっして舞台の出番を間違えたりしなかった。それは壮大なものだった」。飛行士サン＝テグジュペリならではの、こうして空から見た地球の姿とそこで展開される華やかな光の群舞が描き出される。だが、ここで語り手は「電灯が発明されるまでは」とつけ加えることを忘れていない。電灯の時代となった今では、この点灯夫たちのバレーもすでに過去のものであり、点灯夫はやはり旧時代に属しているのである。

第十七章

前章において点灯夫たちの壮麗なバレーの描写を繰り広げたあと、この章では、語り手はそれを修正している。すなわち、「人間たちが住んでいるのは、地球上のごくわずかな場所」だけであり、王子さまが降り立った砂漠では、彼はだれにも出会うことがない。

小惑星を歴訪した王子さまは、そこで奇妙なおとなたちと対話をおこなったが、ひとたび地球に降り立つと、彼はしばらくは人に出会うことがない。彼が出会うのは、順番に、ヘビ、花、谺、バラ、キツネである。そして、あとで見るように、このヘビやキツネ、さらには花でさえも、人間たちに対する批評的言辞をつらね、王子さまがまだ出会わない人間たちの批判者として登場するのである。

そこで、地球に降り立った王子さまは、人影がまったくないのに驚いた。星を間違えたのかなと早くも心配になったとたん、月の色をした環が砂の中で動いた。

「こんばんは」と王子さまは、あてずっぽうに挨拶した。

「こんばんは」とヘビが挨拶を返した。

「ぼくが落ちてきたのは、どこの星なの？」と王子さまはたずねた。

「地球だよ、アフリカなんだ」とヘビが答えた。

「ああ！……で、地球には誰もいないの？」

「ここは砂漠なのさ。砂漠には誰もいない。地球は広いんだ」とヘビが言った。

王子さまは、石の上に腰をおろして、空を見上げた。

「星たちが輝いているのは」と王子さまは言った。「一人ひとりが自分の星をいつの日か見つけられるようにっていうことなのかな。ぼくの星を見てごらん。ちょうどぼくたちの真上にきているよ……でも、なんて遠いんだろう！」

すでに述べたように、王子さまは最初の出会いにおいて、パイロットが「空から落ちた」ことを笑った。しかし、ここでは、王子さまもまた「ぼくが落ちてきた」と言うのであり、地理学者の星からまっすぐに落ちてきたことになる。だが、王子さまのちょうど真上にあるのは、地理学者の星ではなく、彼の故郷の星である。「なんて遠いんだろう」と王子さまが言うように、彼ははるかな旅を経てきたのだ。

その王子さまが地球で最初に出会うのはヘビである。旧約聖書に見られる人類の始祖が出会ったヘビを連想させるが、しかしこのヘビは謎めいた話し方をするけれども誘惑者ではない。ここでは、王子さまのほうから「こんばんは」と挨拶する。六つの小惑星訪問の時は、夜と昼が短時間のうちに交代する点灯夫の星をのぞいて、「こんばんは」という挨拶が交わされることはなかった。地球到着は夜であり、だからこそ王子さまは地球から自分の星を仰ぎ見ることができる。


「美しい星だね」とヘビが言った。「君はここに、何をしに来たんだい?」

「花とうまくいかなくてね」と王子さまは言った。

「ああ、そうなの!」とヘビが応じた。

それから、彼らは黙った。

「どこにいるんだろう、人間たちは?」と王子さまが、ようやく言葉をついだ。「砂漠にいると、少しさびしいね……」

「人間たちの中にいても、さびしいものさ」とヘビが言った。


「何をしに来たんだい」と地球訪問の理由をたずねるヘビに対して、王子さまは「花とうまくいかなくてね」と、星を出立してきた理由を述べる。問いと答えがかみ合っていないが、知恵者のヘビにはそれで充分のようだ。続いて、「どこにいるんだろう、人間たちは？」と、王子さまは地球でこれから何度も発することになる問いを、ヘビに向かって投げかける。「砂漠にいると、少しさびしいね」と言う王子さまに対して、ヘビは「人間たちの中にいても、さびしいものさ」と応ずる。このヘビの言葉のなかに、人間の絶対的な孤独というこの物語の主題を見出すことができるだろう。仮に王子さまが人口密集の土地、たとえばニューヨークに降り立ったとしても彼の孤独は癒されなかったであろう。その意味で、砂漠は人間の根元的孤独を象徴的に表す場所として選ばれている。

すでに砂漠に不時着する前に、語り手は「まじめな」おとなたちの中にいて自分を理解してくれる人物はひとりも見出せず、成長してからも「心から話すことのできる」友だちもなく生きてきた。他方で、友だちを求めて地球にやって来た王子さまであるが、人影のまったくない砂漠にいて、「さびしい」と感じる。こうして、ともに孤独に苦しむ語り手と王子さまが、絶対の孤独を象徴する場所である砂漠において出会うのである。だが、それには王子さまが地球に降りたってから一年の経過が必要なのだ。

王子さまはヘビを初めて見て、興味をそそられ、いつものように質問する。そして、ヘビは王子さまを「船で運ぶよりも遠くへ」運んでいくことができると言って、「黄金の腕輪」のように彼のくるぶしにまきつく。

「おれが触れたものは、大地へ、もといた場所へと還してやるのさ」とヘビがまた言った。

「でも、君は純粋だし、星からやって来たんだし……」

王子さまは何も答えなかった。

「君を見ているとかわいそうになってくるな、この花崗岩の地球の上では、とても弱そうだし。君がいつか、自分の星が懐かしくてたまらなくなったら、助けてあげることができるよ、おれにはそれができる……」

「ああ！　よくわかったよ」と王子さまは応じた。「でも、なぜ、きみはいつも謎を使って話すんだい？」

「謎はぜんぶ、おれが解き明かすのさ」とヘビは言った。

それから彼らは黙りこんだ。


ここでヘビは、王子さまのくるぶしにまきついて、一年後におこなう儀式、すなわち王子さまを遠くへ運んでいくための儀式を前もってほのめかす。触れる者を大地に還らせるとは、明らかに死の暗示であり、それをヘビは王子さまに予告するのである。

ヘビと王子さまの会話は謎めいて、沈黙に中断されがちだが、ヘビは王子さまを見て「純粋」「かわいそう」「とても弱そう」と述べる。これまでの小惑星の住民たちは、自分たちのことしか頭になく、このように王子さまへの関心を抱くことはまったくなかった。人間のおとなではなく、ヘビが初めて、王子さまに同情と憐憫と関心を寄せるのだ。そして、ヘビは、王子さまがこの地球上では長くは生きられないことをすでに予想している。

第十八章

この章は原文で十一行しかなく、第二十三章と並んでもっとも短い章である。王子さまの砂漠の旅は続くが、人間たちの姿は見えず、彼が出会ったのはなんともつまらない一輪の花だけだ。王子さまは、花に向かって、自分から「こんにちは」と挨拶する。ここで、王子さまの挨拶が「こんばんは」から「こんにちは」へと変わり、夜が明けたことが明らかとなる。

「どこにいるんですか、人間たちは?」と王子さまが、丁寧にたずねた。

花は、かつてある日、隊商が通るのを見たことがあった。

「人間たちですって?　いるわよ。六、七人はいると思うわ。見たことがあるの、何年も前に。でも、どこで見つかるかは、ぜんぜんわからないわ。風に吹かれてさすらうのよ。人間たちには根がないから、とても困るの」
「さようなら」と王子さまは挨拶した。
「さようなら」と花が言った。

「なんともつまらない花」であるにもかかわらず、この花はヘビと同様に機知を見せる。人間たちには根がないという言い方には、精神的な拠り所をもたない、確固とした不動の信念をもたないといったニュアンスの風刺的批判がこめられているだろう。

第十九章

次に王子さまは、高い山の頂きに登った。ところが、見えたのは岩山のするどくとがった峰だけだった。

「こんにちは」と王子さまは、誰にともなく言ってみた。

「こんにちは……こんにちは……こんにちは……」と谺が応えた。

「きみたちは誰？」と、王子さまが言った。

「きみたちは誰……きみたちは誰……きみたちは誰……」と谺が応えた。

「友だちになってよ、ぼく、ひとりぼっちなんだ」と彼は言った。

「ひとりぼっちなんだ……ひとりぼっちなんだ……ひとりぼっちなんだ……」と谺が応えた。

「なんておかしな星なんだ！」と彼は思った。「すっかり干からびて、ひどくとげとげしくって、ぴりぴり塩からい。おまけに人間たちには想像力が欠けている。人の言ったことをくりかえすばかりだ……ぼくのところには花がいて、いつも彼女のほうから話しかけてくれたのに……」

読者の目には、地球到着前の壮麗な光のバレーとはうってかわって、荒涼たる景観が広がる。王子さまは小惑星で奇妙な住民たちに出会ったが、地球はこの惑星そのものが「奇妙」なのである。地球に来てから、ヘビ、ありふれた花、谺の順に王子さまは自分のほうから、「こんばんは」「こんにちは」と声をかける。友だちとしての人間たちを探すが見つからず、ここでは谺が王子さまの言葉をむなしくくり返すだけである。かつて、王子さまのバラの花は、たえずさまざまな注文を出して彼を困らせたが、その気むずかしい要求でさえも、今では懐かしいものとなる。

この人間たちを呼び求める声は、すでに『人間の大地』にもあらわれている。一九三五年リビア砂漠で遭難したサン＝テグジュペリもまた、人間たちを探し求めて、砂漠をさすらったことがある。彼は「それにしても、人間たちはどこにいるのだろう」（著作集1、270）と問いかける。しかし、砂の上を長いあいだ歩いても人影一つ見つからず、ついには「おーい！　人間たちよ！……」と虚空に向かって呼びかけたのである。

第二十章

王子さまは、砂漠や高い山頂のあと、砂や岩や雪を越えて長いあいだ歩いたあとに、とうとう一本の道を見つける。「道というものはすべて、人間たちのいるところへ通じているもの」だから、その道をたどって、五千本ものバラが咲きこぼれる庭に行き着く。だが、ここでもこのバラを栽培している人間に出会うことはない。彼は、まず五千本のバラに「こんにちは」と挨拶して、次に、どれもこれもが自分の星に残してきたバラに似ていることに驚くのである。

彼はとても悲しくなった。彼の花は、自分が宇宙の中でたった一つのバラの花なのよ、と言っていた。それなのに、どうしたことか、いまこの庭だけで五千本もの、そっくり同じバラが咲いているのだ！

「ひどく傷つくだろうな」と彼は思った。「もし、あの花がこれを見たら……途方もない咳をして、死んだ振りをして、物笑いの種になるのを避けようとするだろうな。そして、ぼくは、彼女を介抱する振りをしなければならないだろう。なぜって、さもないと、彼女はぼくを困らせるために、ほんとうに死んでしまうだろうから……」

それから、彼はさらにこう思った。「この世にあるただ一つの花だと思って、ぼくはとても豊かな気持ちになっていた。ところが、ぼくの持っているのは、ただのありふれたバラにすぎないんだ。あの花と、膝の高さまでの三つの火山、そのうち一つはたぶん永久に休んだままだろう。それだけでは、ぼくはりっぱな王子さまにはなれやしない……」

そして、草のなかにうつぶして、彼は泣いたのだ。

王子さまがまず考えたのは、あの気位の高いバラがひどく傷つくことであり、次に彼は自分の不幸に思いを致す。ビジネスマンに会ったとき、彼は、自分が一輪のバラと三つの火山を所有して、そのことが役立っていると述べて、ビジネスマンを論破したのだった。だが、ここで王子さまは懐疑にとらわれて、彼もまた数量化の罠におちいってしまう。一つの庭だけで五千本もの同じようなバラが咲いていて、それを所有している人間がいる。王子さまはただ一本のバラしか持っていないが、しかもそれは五千本のバラと何ら変わるところがないように思える。王子さまは自分が所有し、世話をしている花の価値について疑念を抱き、花や火山が自分にとってどういうものなのかを問うている。星を旅立って以来初めて、王子さまは泣くのである。そして、彼は、りっぱな王子さまであることの条件として、何を所有しているかを第一に考えている。所有物が所有者の質を決定するというこうした虚妄から解放されるためにこそ、キツネとの出会いが必要になるだろう。

ここで彼は「ぼくはりっぱな王子さまにはなれやしない」と考える。彼は、自分が出会った小惑星の住民たちや地球で出会うヘビや花に対して、また語り手のパイロットに対してさえも、自分を王子であると自己紹介することはない。また、相手も彼を王子さまとして遇することはなく、ひとりの少年としか見なしていない。彼が自分を王子さまと規定するのはこの箇所だけである。ただし、パイロットは砂漠にいたときには「坊や」としか呼ばないが、六年後の語りのなかではこの少年を王子さまとして提示している。それは妖精物語の主人公にふさわしい呼び名であり、また今日では失われてしまったモラルの継承者に適合した名であり、さらには『城砦』の族長と同じく選ばれた種族への帰属をほのめかす称号であるだろう。

第二十一章

王子さまがキツネから秘儀伝授されるこの章は、物語における一番目の山場を形成し、二番目の山場である第二十六章に次いで長大な章となっている。

これまで王子さまは地球に降り立ってから、ヘビ、花、谺と出会って、次第に孤独を深めながら五千本のバラを前にして絶望するに至ったが、それは物語の展開上、キツネと出会うまでの準備段階をなしていると見なすことができる。

その時だった、キツネがあらわれたのは。

「こんにちは」とキツネが言った。

「こんにちは」と王子さまは丁寧に答えて、振り向いたが何も見えなかった。

「ここだよ」と、その声は言った。「リンゴの木の下さ……」

ここで、王子さまは地球に来てから初めて、相手のほうから挨拶されるが、このことはキツネがすでに友愛を求めていることを示しているだろう。キツネ renard と書かれているが、挿絵に描かれているのは、長い耳を持った砂漠のキツネのフェネックである。

サン＝テグジュペリは、キャップ・ジュビーの飛行場長をつとめていたとき、このフェネックを飼いならしたことがある。一九二八年、母に宛てて、彼は「孤独なるキツネを一匹育てています。猫よりも小さくて、とてつもなく大きな耳をしています。すばらしいです」（著作集4、221）と、フェネックの絵を添えて書き送っている。

中世の『狐物語』以来、キツネは知恵者と見なされることが多い。ただし、このフェネックは、『狐物語』のルナールのように悪知恵を働かせるのではなく、人間たちが忘れてしまった知恵の継承者として登場している。

母の手紙に描かれたフェネックの絵

「こっちに来て、一緒に遊ぼうよ」と王子さまが持ちかけた。「ぼくは、とても悲しいんだ……」

「君とは遊べないんだ」とキツネは言った。「おれは手なずけられていないから」

「ああ！　ごめんなさい」と王子さまは謝った。

でも、しばらく考えてから言いそえた。

「どういう意味なの、〈手なずける〉って?」

「君はよそから来たんだね」とキツネが言った。「何を探しているんだい?」

「人間たちを探しているんだよ」と王子さまは答えた。「どういう意味なの、〈手なずける〉って?」

「人間たちは」とキツネは言った。「彼らは猟銃を持っていて狩をする。厄介なことだよ！彼らはまたニワトリを飼っている。彼らのただ一つの関心事ってわけだ。君はニワトリを探しているのかい?」

「そうじゃないよ」と王子さまは言った。「友だちを探しているんだ。どういう意味なの、〈手なずける〉って?」

「いまではすっかり忘れられていることだけどね」とキツネが答えた。「それは〈絆をつくる……〉って意味さ」


ここで「手なずける」と訳した apprivoiser は、これまで「飼いならす」と訳されることが多かったが、「手なずける」と訳されている場合もある。英語版では tame となっている。サン＝テグジュペリについての書物を英語で著したロビンソンは次のように述べている。「ここでは翻訳の困難がある。英語の tame は、フランス語の異なった二つの語、すなわち動物を忠実に従うよう訓練するという意味の domestiquer、そして人と動物とのあいだに愛情の絆を創り上げるという意味の apprivoiser なのである」(Robinson, 126)。だが、domestiquer と apprivoiser に対する、このロビンソンの解釈はかならずしも正確ではないように思われる。プチ・ロベール辞典(Petit Robert)によれば、domestiquer は「1　野生種の動物を家畜にする。2　完全に服従させ、支配下に置く」とあり、また apprivoiser は「1　野生の(獰猛な)動物をより穏やかで、危険のないものにする。2　いっそう従順で愛想のよいものにする」とある。ロビンソンが言うような「愛情の絆を創り上げる」という、そこまでの強い意味は apprivoiser にはない。ただし、domestiquer のほうが、より完全な支配の関係を創り出すという意味合いがあるようだ。そもそも、apprivoiser の原義は privi にする、すなわち個人の、占有の、プライベートなものにするという意味である。つまり、ここではだれのものでもないキツネを、自分のプライベートなものにするということだ。それゆえ、domestiquer と apprivoiser の意味の相違、および apprivoiser の語源的意味を考慮して、apprivoiser は、「なずく(懐ずく)」ようにするという意味の「手なずける(手懐ずける)」と訳す方がいいように思われる。

この二十一章だけで、「手なずける」は十五回も使われている。王子さまは、例のごとく、キツネに向かって「どういう意味なの、〈手なずける〉って?」と三度くり返してたずねるが、キツネはすぐには答えない。逆に王子さまに何を探しているのかをたずねたあと、三度目の王子さまの問いかけで、ようやくそれは「絆をつくる」ことだと答えるのである。

「いまではすっかり忘れられていることだけどね」と前置きをして説明するように、キツネは新しいモラルの伝道者ではない。今日では忘れられてしまった古いモラルの守護者なのだ。しかし、彼がこの知恵をどこから、どのようにして継承してきたのかはわからない。また、彼がこれまでだれかと「手なずける」関係を結んだことがあるのかどうかもわからない。ただ、彼は「手なずける」の意味をよく知っていて、具体的な行動の指導によって、それを王子さまに教える。ともかく、彼は秘儀伝授者として姿をあらわすのである。

キツネの話を聞いて、王子さまは、「わかりはじめてきたよ」「一輪の花があってね……彼女がぼくを手なずけたと思うんだ……」と話す。キツネの場合は王子さまに手なずけて欲しいと頼むが、花との関係では、花が王子さまを手なずけたのである。これは、王子さまが花の魅力にとらわれたことを示している。

キツネによれば、手なずけるとは絆をつくるということであり、またお互いにかけがえのない存在になることである。


「君は、おれにとって、まだ十万人もの少年とまるで変わりのない少年にすぎない。おれは君が必要じゃないし、君もまたおれが必要じゃない。おれは、君にとって、十万匹ものキツネと変わりのないキツネにすぎないのさ。だがね、もし君がおれを手なずけてくれたら、おれたちはお互いが必要になるんだよ。君は、おれにとって、この世でただ一人の少年になるだろう。おれも、君にとって、この世でただ一匹のキツネになるだろう……」

「この世でただ一つ」とは数量化できないものである。単数が複数になれば、すなわち二つ以上あれば、そこから算数と計算が始まる。選択（どちらをとるか）と順位づけ（どちらを優先するか）が問題となる。仮に五千本のバラから一本を選ぶとすれば、そこには比較と順位付けが入り込むだろう。だが、王子さまにとってのバラは、そのような形で選択されたものではない。

ただ一つのものは他との比較を絶しており、他と同じ地平に並べられることを拒絶する。そして、このただ一つのものは、万人にとってただ一つのもの、たとえば絶対的な神のようなものではない。それがただ一つのものであるのは、それを手なずけた人にとってだけなのだ。そして彼は、なぜ他のものではなく「これ」を手なずけることになったのかを説明することができないだろう。彼は他のものとの比較考量のあとで「これ」を選び取り、手なずけたわけではないのだ。手なずけることは、選択や順位付けに先だって存在する。それはあるときに、おそらくは運命的な出会いのようにやってくる。こうしてひとたび手なずけたものは、ただ一つのものとして、他のものとの比較を一挙に超越してしまうのである。それは数量化可能な世界とは別次元にあって、私たちの内心と直接に結びついてしまう。

続いてキツネは、手なずけられることによって自分の生活がどのように変化するかを語る。

「おれの生活は単調なんだ。おれはニワトリを追いかけるし、人間たちはおれを追いかける。ニワトリはどれも変わりばえがしないし、人間たちもどれも変わりばえがしない。それで、おれはちょっと退屈しているのさ。だけど、もし君がおれを手なずけてくれたら、おれの生活は陽に照らされたようになるだろう。おれは、ほかの誰とも違う一つの足音を聞き分けるようになる。ほかの足音を聞くと、おれはすぐ穴に身を隠す。でも君の足音は、おれを巣穴から外へと誘いだすんだ、まるで音楽みたいに。それにほら、見たまえ！　あそこに、小麦畑が見えるだろ？　おれはパンを食べない。小麦は、おれにとっちゃ、なんの値打ちもない。小麦畑を見ても、おれには何も思い出すことなんかない。それは悲しいことさ！　でもね、君の髪は黄金色だ。だから、君がおれを手なずけてくれれば、それはすばらしいものになるんだ！　小麦は黄金色だから、おれは君のことを思い出すだろう。そして、おれは小麦畑をわたっていく風の音が好きになるだろう……」

このキツネは人間（村人）の目から見れば、家畜の鶏を襲う害獣であるだろう。だが、「人間たちはどこにいるの？」とこれまで人間を探し続けてきた王子さまにとっては、友だちになれるかもしれない最初の動物である。王子さまはこの近くにいるはずの村人には関心を示さず、ここではただキツネの相手をつとめる。彼の求めていたのは、実際には人間ではなく友だちなのだ。

キツネは退屈しており、彼はいまだれにも手なずけられておらず、だれとも絆を結んでいないようだ。しかし、彼は手なずけられることによって、自分を取り巻く世界が一変することを知っている。とすれば、このキツネはかつてだれかによって手なずけられたことがあるのだろうか。いずれにしても彼が求めているのは手なずけられることによって友だちを得ることであり、小惑星の住民たちのように家来や崇拝者や探検家としての相手を探しているのではない。

サン＝テグジュペリは『人間の大地』のなかで、一九三五年末リビア砂漠での遭難のときに出会ったフェネックについて書いている。彼は砂の上に見つけた足跡をたどって巣穴に行き着き、そこに隠れているフェネックに語りかける。「フェネックはそこにかくれていて、わたしの足音の響きにおびえながら、きき耳をたてているに違いない。〈かわいいキツネよ、わたしはさんざんな目にあっている。だが、奇妙なことに、きみの気質に興味を持たずにはいられなかったのだよ……〉」（著作集1、277）。実際にはフェネックはおびえて巣穴に隠れたままであったが、しかしながら、『星の王子さま』のなかでは、サン＝テグジュペリはむしろ自分の足音が音楽のようにフェネックを巣穴から誘い出すことを、王子さまに託す形で夢想するのである。

キツネはそこで口を閉ざし、長いあいだ王子さまを見つめた。

「ねえ……手なずけておくれよ！」と彼は言った。

「そうしたいよ」と王子さまは答えた。「でも、あまり時間がないんだ。友だちを見つけなければならないし、たくさんのことを知らなくちゃいけないんだ」

「知ることができるのは、自分で手なずけたものだけさ」とキツネは言った。「人間たちには、もう物事を知るための時間がない。彼らは、商人のところで出来合いの品物を買い求める。でも、友だちを売っている商人はいないから、人間たちにはもう友だちがいないのさ。友だちがほしいなら、おれを手なずけておくれよ！」

「どうすればいいの？」と王子さまはたずねた。

「とても忍耐力がいるんだ」とキツネが答えた。「君は、まずはじめに、おれから少し離れて座ってごらん。そんなふうに、草の上にだよ。おれは、横目で君を見るだろう。でも、君は何も言ってはいけない。ことばは誤解のもとだからね。でも、日が経つごとに、君は少しずつ近くに腰をおろしてもいいんだ……」


「手なずけておくれよ」と言うキツネに、王子さまは「あまり時間がないんだ。友だちを見つけなければならないし」と答える。ここでは王子さまは、手なずけることこそが友だちを見つけることであるのをまだ理解していない。このキツネは「人間たちには、もう物事を知るための時間がない」と断言して時間に追われる現代人を批判し、さらには「人間たちにはもう友だちがいない」と宣告して、これまで人間のなかに友だちを探しもとめてきた王子さまの判断が誤っていたことを指摘する。そして時間がないと言う王子さまに対してキツネは、友だちをつくるには忍耐力が必要だと教えるのである。『城砦』には砂漠のキツネを飼う男が登場するが、彼は、飼っているキツネが逃げ去ったとき、新たに一匹をとらえることを勧める友人たちにこう言うのだ。「キツネをとらえるためにではなく、キツネを愛するためには、あまりにも多くの忍耐が必要だ」（著作集6、79）。この男の知恵を、『星の王子さま』のキツネはすでに所有しているのである。

その次の日、王子さまがまたやって来た。

「同じ時刻に来たほうがよかったのに」とキツネが言った。「たとえば、もし君が午後四時に来るなら、三時には早くも、おれは幸せな気分になるだろう。時間が経つにつれて、ますますおれは幸せを感じる。四時になれば、もうそわそわして、気もそぞろになってくる。幸せの値打ちを知ることになるんだ！　でも、もし君が時刻をかまわずやって来たら、おれはいつ自分の心の準備をすればいいのかわからない……儀式ってものが必要なんだ」

「儀式ってなんなの？」と王子さまがたずねた。

「それもまた、すっかり忘れられていることなんだ」とキツネが言った。「儀式があるから、一日がほかの日々とは違ったものになるのさ。一時間が、ほかの時間と違ったものになるんだ。たとえば、おれをつけねらう猟師たちにも儀式はある。彼らは、木曜日には村の娘たちと踊るんだ。それで、おれにとって木曜日はすばらしい日になるってわけだ！　おれはブドウ畑までぶらぶら出かけて行ける。もし猟師が曜日にかまわず踊ったら、どの日も同じになってしまって、おれには休暇ってものがなくなってしまうのさ」

「儀式」と訳した rite は、祭式の意味もあり、本来宗教的意味合いの強い言葉である。儀式によって、ある一時間、ある一日が聖別化されて、他とは異なった特別の時間、特別の日となる。儀式こそが、ハレとケ、聖と俗の区別を導入する。キツネにとっては、木曜日は祝祭日であり、ハレの日としてその他のケの日と区別される。人間たちと鶏の間で展開される単調でたいくつな生活にハレの日を加えることがキツネの願いなのだ。

儀式とは反復によって形成されるものであり、毎日のうちのある時間、毎週のうちのある曜日に同じ行為がくり返されることによって、それが儀式化される。それ故に儀式化には時間とくり返しに対する忍耐が必要だ。『城砦』の中で語られているように、儀式（祭式）は時間を一つの建造物にするのである。「祭式が時間のなかでもつ意味は、住まいが空間のなかで持つ意味にひとしい。流れ去る時間が、あたかも一握りの砂のように、われわれを磨り減らし、失わせていくことなく、われわれを完成させていくように感じられるのはよいことである。時間が一つの建造物となるのはよいことである」（著作集6、32）。

こうして王子さまはキツネを手なずけることになる。手なずける行為の主体は王子さまでありキツネはその対象であるが、しかしこの行為を指導するのはキツネのほうなのである。実はこの手なずけることがそのまま王子さまにとっての実践的学習となることをキツネは知っている。

そして、学習が終わるとすぐに「別れのとき」が近づいてきて、キツネは「泣き出しそうだよ」と王子さまに告白する。せっかく絆を結んだ二人がなぜすぐに別れなければならないのか、いっさい理由は説明されず、まるで出会いが別れを必然的に含んでいたかのように事態は進行する。

キツネはふたたび退屈な生活に戻るだろうが、しかしこれからは小麦畑を見るたびに王子さまのブロンドの髪を思い出すことだろう。彼が得たのは思い出である。『星の王子さま』の主題の一つは、別離としかしそれに伴う美しい思い出であり、キツネにとっても、そしてのちに見るように語り手にとっても王子さまは思い出の中に生き続けることになる。

別れにあたって、キツネは王子さまに、さらに次のような助言をあたえる。


「もう一度、バラたちを見に行ってごらん。きっとわかるよ、君のバラがこの世でただ一つのものだということが。それから、ここにもどって来て、お別れのことばを言っておくれ。君に、贈り物として、一つの秘密を教えてあげよう」

キツネはすでに、王子さまがキツネを手なずければ、王子さまはキツネにとって「この世でただ一人の少年」となり、キツネは王子さまにとって「この世でただ一匹のキツネ」になると述べていた。ここで、彼はまた、王子さまのバラが「この世でただ一つのものだ」とわかるだろうと言うのである。こうしてキツネに教えられた「ただ一つのもの」によって、王子さまは自分が陥っていた数量化の罠から抜け出すことになる。

キツネの言葉通り、王子さまはもう一度五千本のバラたちを見に行き、そこでバラを相手に雄弁を振るう。これはキツネによる秘儀伝授の最終試験であるといえるだろう。王子さまはみごとにそれに合格するのである。


「きみたちは、少しもぼくのバラに似ていない。きみたちは、まだ何ものでもないんだ」と彼はバラに向かって言った。「誰もきみたちを手なずけていないし、きみたちだって、誰も手なずけていない。きみたちは、友だちになる前のぼくのキツネと同じだ。それは、ほかの十万匹ものキツネと変わりのないキツネにすぎなかった。でも、ぼくが彼を友だちにしたから、いまではこの世でただ一匹のキツネなんだ」

それを聞いているバラたちは、気づまりな思いをしていた。

「きみたちはきれいだ。でも、きみたちは空っぽなんだ」と彼はさらにバラに言った。「きみたちのために死ぬことはできないんだ。もちろん、ぼくのバラだって、通りすがりの人が見れば、きみたちと変わらないバラだと思うだろう。でも、ぼくのバラは、ただそれだけで、きみたちすべてよりも大事なんだ。なぜって、ぼくが水をやったのは、そのバラなんだから。ぼくがガラスの笠でおおってやったのは、そのバラなんだから。ぼくが衝立で守ってやったのは、そのバラなんだから。ぼくが毛虫を殺してやったのは、そのバラのためなんだから（二、三匹は蝶々になるようにと、見逃してやったけれど）。ぼくが不平や自慢話を聞いてやり、時には沈黙にさえ耳を傾けてやったのは、そのバラなんだから。なぜって、それはぼくのバラなんだから」

キツネは一方的に手なずけて欲しいと王子さまに頼んだ。しかし、王子さまは、手なずけることが相互行為であることを理解している。王子さまがキツネを手なずけたと同時に、キツネが王子さまを手なずけたのだ。だから、王子さまは、五千本のバラに向かって、「誰もきみたちを手なずけていないし、きみたちだって、誰も手なずけていない」と言うのである。

「きみたちは空っぽなんだ」というのはいささか乱暴なもの言いであり、五千本のバラが「気づまりな思い」をするのも当然である。しかし、王子さまのバラは彼にとってこの世でただ一輪のバラなのだから、五千本のバラは比較の対象でさえない。比較が生ずるとすれば、それは五千本のバラ同士の間でしかないだろう。「手なずける」とは、特定の対象を自分にとって「なずく」ものにすることなのだから、その他のものとは隔絶される。強く深い愛が独占と排他をともなうのは当然のことである。そして、王子さまが五千本のバラに向かって言うように、王子さまのバラもまた、「通りすがりの人が見れば」他と変わらないバラに見えるだろう。王子さまのバラがこの世でただ一つであるのは、彼にとってだけなのだ。

ビジネスマンの星を訪れたとき、王子さまは、自分は「一輪の花」を持っていて毎日水遣りをするから、花を所有することが花にとって役立っていると語った。キツネの教えを受けた王子さまは、花と自分について、単に所有と有用という以上の深い関係があることを理解している。ただ、ここでは彼は自分がいかにバラを世話したかということしか語らず、彼自身がバラから受けた恩恵については語らないのだ。手なずけることが相互行為であるならば、これは片手落ちというものだろう。第八章で、王子さまは語り手に向かって、バラの花が「良い香りと明るい光をふりまいてくれた」と語るが、これは物語の時間順序としては、五千本のバラを前にしての演説よりあとにくる。王子さまは、そこでさらに理解を深めたということができる。

この王子さまのことばのなかに、死の主題がひそかに忍び込んでくることに注意しよう。王子さまは突然「バラのために死ぬ」ことをほのめかすのだ。このバラのための「死」は、キツネが教えたことではなく、王子さまがみずから学び取ったことである。すると、バラは果たしてたんにひとりの女性のシンボルなのだろうか、王子さまはひとりの女性のために死ぬ覚悟を表明するのだろうか、との疑問が生じてくるだろう。これについては後述しよう。

王子さまとキツネの別れの場面は次のようである。


「お別れだね」と彼は言った……。

「お別れだね」とキツネは言った。「これがおれの秘密なんだ。とても簡単なんだよ。心で見なくっちゃ、よく見えない。いちばん大切なものは目に見えないんだ」

「いちばん大切なものは目に見えない」と、王子さまはくりかえした、忘れないために。

「君が、バラのために費やした時間のおかげで、君のバラはとても大事なものになったんだよ」

「ぼくが、バラのために費やした時間のおかげで……」と王子さまはくりかえした、忘れないために。

「人間たちはこの真理を忘れてしまった」とキツネが言った。「でも、君は忘れちゃいけない。君は、自分が手なずけたものに対して、いつまでも責任があるんだ。君は、君のバラに対して責任があるんだ……」

「ぼくは、ぼくのバラに対して責任がある……」と王子さまはくりかえした、忘れないために。


ここでも王子さまは、バラの時と同様、別れの挨拶に Au revoir ではなく Adieu を使う。彼はキツネとも今後再会することはないと思っている。付言すれば、第十八章の「つまらない花」と別れるときも（そこでは「さようなら」と訳したが）、原語では Adieu となっている。実際、王子さまには多くの出会いがあるが、それらはすべて一度きりであり、彼は別れに際してけっして

「また会いましょう Au revoir」とは言わないのである。

キツネは王子さまが得た最初の友だちだが、しかし友だちになることはつらい別れを伴う。出会いにはつねに別れがある。手なずけるとは、お互いが相手を私有化して、相手を必要とすることだったが、そのとき、別れはいっそうつらいものとなるだろう。

ここでキツネは三つの教訓をあたえる。第一は大切なものは目に見えないということであり、これは第一章の「中の見えない大蛇《ボア》」以来、この物語のなかでくり返し示唆されてきた。第二は、時間を費やすことであり、これはあとで薬を売る商人のエピソードなどにおいてくり返される。第三は、責任の観念である。王子さまはすでにバラのために死ぬことを語っていた。手なずけたもののためには時として死ぬ覚悟が必要であることに、彼はすでに気づいていた。そしてここでは、キツネがバラに対する責任を王子さまに教える。手なずけたもの、自分にとって世界でただ一つのもの、それに対して人は責任を負い、ときには死をも受け入れなければならない。王子さまがキツネから得た教えは、いかにも峻厳なものである。「いちばん大切なものは目に見えない」というテーゼのみが有名になって、この責任と死のテーゼは、どちらかといえば等閑視されてきたきらいがある。この担うにはいささか重すぎる課題を、しかしながら王子さまはこれからまっとうすることになるだろう。

ところで、この「手なずける」こと、そして「絆をつくる」ことは、二人の間で成立するが、しかし人は複数の相手と絆を結ぶことができる。そのときには、絆のあいだの優先順位が問題になるだろうし、そこからいわゆる嫉妬、三角関係、憎悪などが生じる危険があるだろう。また、さらにその複数の絆が広がり、ネットワークを形成するとき、それは社会関係となるわけだが、そうした社会関係をどう築くのかが問題となるだろう。しかし、ここではとりあえず、「手なずける」という二人のあいだの基本的な絆の創造だけが主題となっている。

なぜ王子さまは、いったん友情を結んだキツネと別れるのだろうか。彼はキツネに対しても責任を負っているはずではないだろうか。また、王子さまとバラの花、王子さまとキツネ、この二つの「手なずけられた」関係のうち、どちらが優先されるべきなのだろう。それは、恋愛と友情のどちらが優先されるか、という問題でもあるように見える。しかし、キツネとの関係は、友情関係であるだけではなく、秘儀伝授の師弟関係でもある。師から秘儀を伝授された弟子は、もはや師を必要とせず、また師に依存してはならず、師のもとを去って行かねばならない。そして、今度は彼がこの秘儀を誰かに伝える任務を負うだろう。こうして、王子さまの旅は先へと続けられなければならないのである。

第二十二章

キツネの秘儀伝授のあと、物語の展開とはあまり関わりなく、王子さまが転轍手と薬を売る商人に出会う話が語られるこの第二十二章と次の第二十三章は、いきなり「こんにちは」で始まる二つの章である。また、ミシェル・オトランが言っているように、「この作品の中で一番当惑させられる章のように思われる」（Autrand, 1349）。しかし、「直接的な論理展開を拒み、驚きの効果を生み出すことが、この二つの章の存在理由を構成しているようだ」と、オトランはつけ加える。確かに、物語は大詰めへと急速になだれ込む前に、ここで少しだけ足踏みをするのである。それに商人の話は、次の井戸の探索へとつなぐための布石ともなっている。

地球に降り立ってから王子さまは、順にヘビ、花、谺、バラ、キツネに出会ったが、ここで初めて人間と短い会話を交わす。あれほど人間たちを探しもとめていた王子さまであるが、キツネと友情の絆を結んだあとは、ようやく転轍手や商人に出会ったというのに、そこによろこびは感じられない。王子さまはキツネから時間をかけることの意味を学んだ。ここでは、いずれも時間を節約する人間たち、すなわち特急列車で往来する乗客、およびのどの渇きをとめる薬を必要とする人たちが風刺の対象となる。

この章では、「こんにちは」の挨拶に始まり、王子さまは次々と転轍手に五つの質問を投げかける。それに対する男（転轍手）の答えは、これまでに出会った小惑星のおとなたちに比べるとずっと聡明である。


それから、明かりを灯した特急列車が雷鳴のような音をとどろかせて、男の小屋を震動させた。

「ずいぶんと急いでいるね」と王子さまが言った。「何を探しているんだろう？」

「機関車の運転手も、それを知らないのさ」と男が言った。

次にまた、反対方向に向かう、明かりを灯した二番目の特急列車の音がとどろいた。

「もうもどってきたの？」と王子さまがたずねた……。

「別の旅客だよ」と、男が言った。「すれちがったんだ」

「自分のいたところに満足できなかったの？」

「誰も自分のいるところには、けっして満足できないんだよ」と男が言った。

それから、明かりを灯した三番目の特急列車の雷鳴のような音がとどろいた。

「最初の旅客を追いかけているの？」と王子さまがたずねた。

「何も追いかけてなどいないよ」と男が言った。「彼らは車内で眠っているか、あくびをしている。子どもたちだけが、窓ガラスに鼻を押し当てているのさ」

「子どもたちだけが、自分が何を探しているのか知っているんだね」と王子さまは言った。

「彼らはボロ布人形のために時間を費やしている。そのため人形はとても大事なものになって、もしそれを取り上げたら、子どもたちは泣きだしてしまうだろうな……」

「子どもたちは幸せだよ」と転轍手が言った。


時間を惜しんで特急列車で旅する者たちは、そのように動き回っていながらも、自分たちが何を探しているのかを知らない。また自分のいるところにけっして満足できないから、たえず動き回ることになる。砂漠の花が語っていた、根が無くて風に吹かれるがままにさすらう人間たちのことが思い出される。

ここでは転轍手が人生教訓家となる。彼は旅客たちの愚かしさを語り、「子どもたちだけが、窓ガラスに鼻を押し当てて」いて、彼らが「幸せだ」と言う。転轍手もまた、私たちにおなじみのおとなと子どもの対立図式をもちだして、「子どもたちだけが、自分が何を探しているのか知っている」と言う王子さまと意見を同じくするのだ。意味もなく右往左往するおとなたちと違って、子どもたちは充分に時間をかけることを知っている。すでに述べたように、この物語には、子ども時代の語り手と王子さまを除いて子どもが登場しないが、この第二十二章は子どもに言及される唯一の例である。

このおとな批判は、同時に特急列車に象徴されるような利便性を追い求める近代機械文明に対する批判を含むものとなっている。小惑星歴訪のときには、そこの住民たちが諷刺の対象になっていた。地球では、王子さまが出会ったヘビ、花、キツネ、転轍手のそれぞれが、人間のなかにいてもさびしい、人間たちは根がないから困る、人間たちにはもう友だちがいない、自分のいるところに満足できないと、人間やおとなについて批評的言辞を吐くのである。

第二十三章

　原文で十一行しかないこの章は、第十八章とともにもっとも短い章であるが、前章と同様に、いきなり王子さまの「こんにちは」によって始まる。彼が出会ったのは「のどの渇きをおさえる特効薬」を売る商人だった。週に一錠、それを飲むと、もう水を飲みたいとは思わなくなってしまう薬である。


「どうして、そんなものを売っているの？」と王子さまがたずねた。

「大幅な時間の節約になるんだよ」と商人が答えた。「専門家が計算したんだ。すると、週に五十三分の節約になるんだ」

「で、その五十三分で何をするの？」

「なんでも自分の好きなことをするのさ……」

「ぼくなら」と王子さまは思った。「自由に使える五十三分があれば静かに歩いて行くだろうな、泉に向かって……」

商人の話は、前章の転轍手と同様、時間節約の主題とかかわっている。これは、ミヒャエル・エンデの『モモ』に登場する人物たち、時間を倹約すればするほど生活のうるおいを失っていく「時間貯蓄家」たちを連想させる。キツネは王子さまに、バラのために費やした時間のおかげでバラがとても重要なものになったのであり、「人間たちはこの真理を忘れてしまった」と教えた。第二十二章、第二十三章では、そうした真理を忘れてしまった現代人たちが批判の対象となる。

そして、ここには時間節約の主題の他にもう一つ、砂漠における重大な問題である水の主題があり、これが次章へと展開していくのである。

第二十四章

王子さまが語り手に出会うまでの、後説法（カット・バック）による物語は前章で終わる。語り手が砂漠に不時着してから、五日目までは明示されており、第七章の冒頭はこのように語られていた。「五日目になって、今度もまたヒツジがきっかけで、王子さまの生活の秘密がぼくに明かされた」。つづいて、「ヒツジと花の戦争」が主題となり、そのあと第八章から第二十三章までは、バラの花、王子さまの星からの脱出、六つの小惑星の訪問、地球到着とヘビ、キツネ、転轍手、商人との出会いまでが連続して語られる。この間、不時着してから「何日目」という指標は見られず、第二十四章に至って、その冒頭が「砂漠に不時着してから八日目」となっている。それゆえ、バラの花から商人までの一連の物語は、五、六、七日目の三日間で、王子さまから語り手に伝えられたということになるだろう。

八日目、すなわち最後の水がなくなる日、こうして私たちは物語の大詰めに近づいていく。

砂漠に不時着してから八日目となり、僕が商人の話を聞いた時には、貯えの水の最後の一滴を飲み干していた。

「ああ！」と僕は、王子さまに言った。「とてもいい話だね、君の思い出は。でも、飛行機の修理はまだ終わらない。もう飲み水は一滴もないんだ。僕もまた、泉に向かって静かに歩いて行けたら、うれしいんだけどね！」

「友だちのキツネがね」と彼は僕に言った……。

「ねえ、坊や、もうキツネどころじゃないんだよ！」

「どうして？」

「もうじき渇きで死んでしまうんだから……」

僕の理屈が理解できなくて、彼はこう答えた。

「友だちができたのはいいことなんだよ、たとえもうじき死ぬとしてもね。ぼくは、キツネの友だちができて、とてもうれしいんだ……」

「彼には危険が感じられないんだ」と僕は思った。「空腹も渇きもまったく感じない。わずかな陽の光があれば、それで彼には充分なんだ……」

でも、彼は僕を見て、それから僕の考えに応答するかのように言った。

「ぼくも、のどが渇いている……井戸を探しに行こうよ……」

僕は、うんざりだというような仕草をした。広大な砂漠の中を、あてもなく井戸を探しに出かけるなんて、ばかげたことだ。でも、それにもかかわらず、僕たちは歩きはじめたのだ。


薬を売る商人の話から語り手の飲み水が底をついた話へと移行することによって、王子さまの旅物語から語り手の遭難物語（六年前のサハラ砂漠）へと戻ることになる。王子さまは相変わらず自分の物語世界の延長に生きていて、キツネのことを思い出す。他方で、語り手のほうは、より切実な当座の問題に直面している。王子さまは、「友だちができたのはいいことなんだよ」と言う。王子さまはキツネと友だちになったが、しかし別離はすぐにやってきた。理由は明らかにされていないが、手なずけ、絆をつくりあげた王子さまとキツネは、すぐにも別れてしまう。生がすでに死を包摂しているように、友だちを持つということは、すでにそのなかに別離を包含している。王子さまにはもう友だちはいないが、その過去の思い出が彼をささえている。

王子さまは、また「たとえもうじき死ぬとしてもね」とつけ加える。これは、字義的には語り手であるパイロットが「もうじき渇きで死んでしまうんだから」と言ったことに呼応しているが、しかし実は王子さまの真意は別のところにあるだろう。これはパイロットが死に瀕していることよりも、むしろ王子さまが自分の死を覚悟していることを示している。結局のところ、死ぬのはパイロットではなくて、王子さまのほうなのだ。すでに五千本のバラを前にして、彼は自分が手なずけたバラのために死ぬ覚悟を表明していた。ここでまた、死の予告がなされる。だが、この死のほのめかしは語り手には理解することができず、彼は王子さまが「少しの陽の光があれば、それで充分」だと思っている。

次に、のどの渇くはずのない王子さまが井戸を探しに行こうと提案して、砂漠での二人の井戸探索が始まることになる。

何時間も黙ったまま歩いているうちに、日が暮れて、星がまたたきはじめた。のどの渇きのせいで少し熱があったので、僕は、さながら夢を見るように星を見つめた。王子さまのことばが、僕の記憶の中で踊っていた。

「それじゃ、君ものどが渇いているの?」と僕は彼にたずねた。

でも、彼は僕の問いかけに答えなかった。ただこう言っただけだ。

「水は心にとっても、よいものかもしれないね……」

僕は彼の答えが理解できなかったけれど、黙っていた……彼に質問すべきでないことはよくわかっていた。

熱のせいで、「夢を見るように」語り手は星を見つめる。星空の下の砂漠で、物語は次第に神秘的世界に入っていく。「ぼくも、のどが渇いている」という王子さまの謎めいた言葉が、語り手の心をとらえていた。そこから、王子さまのいっそう不思議な言葉、「水は心にとっても、よいものかもしれない」が引き出されてくる。しかし、その意味はやがて語り手にも明らかになるだろう。

それから、二人は腰をおろして、星や砂漠を見つめる。王子さまは、星が美しいのは「ここからは見えない花のため」であり、砂漠が美しいのは「どこかに井戸を隠しているからなんだ」と言う。そして、これらの言葉が語り手を一つの啓示へと導くことになるのである。

突然、砂が神秘の光を放っているそのわけがわかって、僕は驚いた。子どものころ、僕は古い屋敷に住んでいた。言い伝えによれば、そこには宝物が埋められているということだった。もちろん、誰もそれを発見できなかったし、おそらく探そうともしなかったのだろう。しかし、宝物はこの屋敷全体に魔法をかけていた。僕の家はその奥深い中心部に一つの秘密を隠していたのだ……。

「そうだよ」と僕は、王子さまに言った。「家でも、星でも、砂漠でも、それらの美しさを作り出しているものは、目に見えないんだ!」

「うれしいよ」と彼は言った。「きみがぼくのキツネと同じ考えだから」

語り手は、自分の子供時代の家を思い出す。彼が王子さまを理解するのは、つねに自分の子ども時代という回路を通してである。シフが伝える姉シモーヌの回想によれば、子供時代にサン＝テグジュペリとシモーヌたちは、サン＝モーリスの館で、壁や古い梁の割れ目を調べて、宝探しに熱中した。「古い家にはかならず宝物があると信じていたのです」（シフ、51）とシモーヌは語る。

宝物は、それがただ家の奥深い中心部に隠れていると想像するだけで、充分宝物としての役割を果たすのである。また、ジュヌヴィエーヴ・ル・イールは、「宝物は想像的なるものの領域に属している」と言う。想像力や妖精物語によらずして財宝をつかまえようとするのはむなしいことである。だから、それは発見されたり、探されたりしてはならない。「このような宝物はただ〈埋もれている〉ことによってのみ価値をもつのである」（Le Hir, G., 200）

ここで、王子さまは、キツネから受け取った秘儀が語り手に伝わったことを確認する。語り手の水がつきて、飛行機の修理もまだ終わらず、絶体絶命の境地に陥ったとき、王子さまが持ち出したのはキツネの話だった。そのときはキツネを拒否した語り手だったが、ここにおいて、彼はわれ知らずしてキツネの秘密を語ることになるのだ。王子さまが「うれしいよ、きみがぼくのキツネと同じ考えだから」と言うのは、語り手に対して新たに秘儀伝授の導師となった王子さまが、みずからの役割が果たせたことの歓びの表現なのだろう。

王子さまが眠りこんでしまいそうだったので、僕は彼を両腕に抱えて、ふたたび歩きはじめた。僕の心は動揺していた。壊れやすい宝物を運んでいるような気がした。地球上に、これほど壊れやすいものは何もないようにさえ思われた。月明かりのもとで、僕は、この青白い額、閉じた両の目、風にそよぐ髪の房を眺めて、こう思った。「僕がいま見ているのは、抜け殻にすぎない。いちばん大事なものは目に見えないんだ……」

彼のうっすらと開かれた唇が、わずかな笑みをもらした時、僕はまた考えた。「眠りこんだ王子さまの中にあって、こんなにも僕の心を強く打つもの、それは花に対する彼の忠実さだ。一輪のバラのイメージが彼の中にあって、ランプの炎のように光を放っている、彼が眠っている時でさえも……」。そう考えると、僕には彼がいっそう壊れやすいことがわかった。このランプの明かりを守らなくてはならない。風のひと吹きで、消えてしまうかもしれないから……。

こんなふうに歩き続けた後、僕は夜明けに井戸を発見したのだ。

星には花が、砂漠には井戸が、家には宝物が隠されていて、そして王子さまの心の中には一輪のバラのイメージがランプのような光を放っている。すべて大切なものは中に隠されていて、目では見えない、心で見なければ見えないのだ。「目に見えない」と何度もくり返されることによって、物語は次第に神秘的な様相を呈しはじめることになる。

ここでは、王子さまの壊れやすさが強調される。初めて語り手の前にあらわれたとき、王子さまは砂漠で、飢えや渇きや生命の危険にいっさい無縁のように見えていた。しかし、彼はじつは花のようにはかない存在なのだ。ジェイムズ・E・ヒギンズが言うように、「ここで語り手は、自分にとっての王子さまが、王子さまにとっての花と同等のものであることを理解する」(Higgins, 78)。王子さまがはかない花をいとおしむように、語り手ははかない王子さまをいとおしむのである。

王子さまのバラはついには内面化され、それは王子さまの所有物であることを越えて、彼の存在の核心となる。G・ル・イールはこう述べている。「バラはその客観的な現実性を失い、イマージュとなるときにいっそう意味深いものとなる。このバラのイマージュによって、王子さまは内面から照らし出されるのである。そのとき、イマージュは第二の意味作用を帯びるのだ。それは語り手の慧眼な精神にとっては王子さまの存在自体を表すのである」(Le Hir, G., 162)。

こうして歩き続けた二人は、夜明けに井戸を発見することになるが、モナンは、ここで用いられている動詞が「見つける trouver」ではなく、「発見する découvrir」であることに注意を促している。これは、覆いが取れて、隠れていたものが姿をあらわすことを意味する。すなわち「予期せぬ奇跡のように、井戸はあらわれる」(Monin, 38) のである。

第二十五章

八日目の夜、語り手と王子さまは砂漠を歩き続けて、九日目の夜明けに井戸を発見する。第二十五章は、二人で井戸の水を汲みあげる奉献の場面である。

僕たちがたどりついた井戸は、サハラ砂漠で見かける井戸には似ていなかった。サハラ砂漠の井戸は、砂の中に穴を掘っただけのものにすぎない。ところが、これは村の井戸に似ていた。しかし、あたりに村らしきものはなく、僕は夢を見ているのかと思った。

すでに前章で、井戸を探して歩き始めた語り手は、熱があってまるで夢を見ているようだと語っていた。井戸を発見した彼はここで、「ぼくは夢を見ているのかと思った」と言う。王子さまとの出会いそのものが語り手にとっては不思議な体験であったが、その王子さまに導かれて彼はさらに夢の奥深くへと入り込んでいき、物語はいよいよ神秘性を帯びていくのである。

彼らが発見した井戸には、滑車や桶、それに綱までもがそろっていて、王子さまは綱を手にとって、滑車をまわす。

するとと、滑車はきしんだ音をたてた。風が長い眠りから目覚めた時、古い風見鶏をきしませるような音だった。

「聞こえるだろう」と王子さまは言った。「ぼくたちがこの井戸を目覚めさせたんだ。井戸が歌っているよ……」

僕は、彼に力仕事をやらせたくなかった。

「僕にまかせたまえ」と彼に言った。「君には重すぎるよ」

ゆっくりと、僕は桶を井戸の縁石まで引き上げた。そこに桶をしっかりと据えつけた。僕の耳には、滑車の歌がまだ響いていた。そして、なおも揺れている水の中で、太陽が震えているのが見えた。

「この水が飲みたいよ」と王子さまは言った。「水をちょうだい……」

そこで、僕は理解したのだ、彼が何を探していたのかを！

僕は桶を持ち上げて、彼の唇に近づけた。目を閉じたまま、彼は飲んだ。なんだかお祭りのような心地良さだった。この水は、ただの飲み水ではなかった。星空の下を歩いてやって来て、滑車の歌を聴いて、僕が自分の腕で汲みあげて、そこから生まれた水なのだ。この水は、贈り物のように、心にとってよいものだった。僕が子どもだった時には、クリスマス・ツリーの明かりや、真夜中のミサの音楽や、人々の優しいほほえみが、僕が受け取るクリスマス・プレゼントにいっそうの輝きを与えていたように。(……)

僕は水を飲みおえた。生き返った心地だった。砂は夜明けには、蜂蜜のような色になる。僕は、この蜜の色にも満足していた。もうどんな苦労の必要もなかった……。

長いあいだ眠っていた井戸が目覚める。モナンはこれを「妖精物語における王女の目覚め」(Monin, 32)にたとえている。渇きをおぼえていたのは語り手のほうだったのに、井戸にたどりつくと、王子さまがさきに水を飲む。肉体をうるおす水より先に、「心をうるおす水」を飲むのである。そして王子さまが水を飲むことで、語り手も「お祭りの日のような心地良さ」を感じる。この水は語り手から王子さまへの贈りものであり、ここでも子ども時代の思い出という回路を通じて、語り手はそれを理解するのだ。次に、王子さまのあとで、語り手も水を飲んで「生き返った」ように感じて、こうして二人の水を飲む儀式が完了することになる。

多くの人が指摘しているように、これはヤコブの井戸でイエスがサマリアの女に飲ませた水を想起させる。この水はすでに霊的な性質を帯びている。そして、井戸の水を汲みあげる行為は、宗教的な奉献であり、語り手と王子さまの友情の最終的な確認のための儀礼でもある。心の渇きを覚えて井戸の水を飲む王子さまと、肉体の渇きを覚えて水を飲む語り手は、ここでともに蘇生するのだ。ヒギンズが言うように、「水の象徴的な力は、飛行士における砂漠に対する現実的な理解と、王子さまにおけるのどの渇きと友情の渇きの暗喩的な結合、この二つのあいだにある緊張関係から生まれている」（Higgins, 48）。

ここで二人は、いわば一人の人間の霊的・精神的な面と、身体的・肉体的な面をあらわしており、本来一心同体である。この二人の「渇き」の不思議な暗合がそのことをよく示しているといえるだろう。あるいはこんなふうにも考えることができるかもしれない。砂漠に不時着した語り手の、霊的・精神的な渇望が王子さまという蜃気楼のような存在を生み出したのだ。そしてその間、語り手のほうは、この霊的存在との対話（内面的対話）に支えられて、身体的・肉体的な渇望に苦しみながら、エンジンの修理に専念した。

こうした心情と肉体の双方の糧となる水に関しては、『城砦』の語り手が次のように述べている。「わたしがおまえの渇きを讃えるのは、それが肉体を左右する重要さでおまえの水を豊かにしてくれるからではない。（……）おまえが水を飲もうと思うとき、おまえを、星空のもとでの前進や、錆びた滑車の礼式に従わせることのみが肝要なのである。このような礼式こそ讃歌であり、おまえの行為に祈りの意味を与えるのである。おまえの腹のための糧がおまえの心情のための糧と化するために」（著作集8、125）。

一九三五年リビア砂漠に不時着し、四日後にベドウィン人によって救助されたサン＝テグジュペリは、『人間の大地』の中でこう書いている。「水よ！　水、おまえは、味も、色も、香りもない。おまえを定義することはできない。おまえがなんたるかを知らずに、ただ飲むだけだ。おまえが生命に必要なのではない。おまえは生命そのものだ」（著作集1、304）。こうして砂漠における水は生命そのものとなるのである。

王子さまに出会った時点で、語り手は不思議世界との接触を持った。しかし、他方で、彼はまだ現実世界にとどまっており、王子さまの相手をつとめながら同時に、水の不足を恐れつつエンジンの修理に専念する。そして九日目の夜明けに至って、語り手は王子さまに導かれて砂漠のなかの、現実には存在するはずのない井戸を発見してその水を飲む。この時点で彼は不思議物語のさらに奥深くへと入り込むことになる。

二人で水を飲んだあと、王子さまは語り手に、以前に交わした約束を果たしてくれるように言う。

「なんの約束だい？」

「ほら……ぼくのヒツジのための口輪だよ……ぼくはあの花に責任があるんだよ！」

僕はポケットから、デッサンの下絵を取り出した。王子さまはそれを見ると、笑って言った。

「きみのバオバブは、ちょっとキャベツみたいだ……」

「ええっ！」

僕は、バオバブの絵がとても自慢だったのに！

「きみのキツネは……その耳が……なんだか角みたいだね……それに長すぎるよ！」

そして、彼はまた笑った。

「それはひどいよ、坊や。僕は、中の見える大蛇《ボア》と見えない大蛇《ボア》の絵以外は、かいたことがないんだよ」

「ああ！　でも大丈夫だよ」と彼は言った。「子どもたちには、わかるから」


王子さまは、花への責任を果たすために星へ帰還する時期がいよいよ近づいていることを感じて、その準備を始めるのである。

そこで、語り手はポケットからデッサンの下絵を取り出す。砂漠に不時着したあと、彼は王子さまの話を聞きながら、同時進行でバオバブやキツネの絵を描いたことになる。物語そのものは、王子さまとの出会いから六年後に語られているが、絵のいくつかはその場で描かれたものだ。

絵を見せられた王子さまは、「子どもたちには、わかるから」と言う。突然、王子さまはここで、絵本の読者としての子どもたちに言及するのである。それはまるで、自分の物語を、語り手がのちになって子どもたちに向けて絵入りの本として語るのを予測するかのようである。

語り手は、そこで鉛筆を使って、約束通りヒツジのための口輪を描き、「胸がしめつけられる思いで」王子さまにそれを渡す。続いて「地球に落下してから……あしたでちょうど一年」だと言う王子さまの言葉を聞いた語り手は、一週間前に知り合った朝、王子さまは自分が落ちた場所へ帰ろうとしていたことを知る。


「ああ!」と僕は彼に言った。「心配だよ……」

でも、彼はこう答えた。

「きみはこれから仕事をしなくてはいけない。きみの機械のところに帰らなくちゃいけない。ぼくはここで待っているから。あしたの夕方、もどって来てよ……」

しかし、僕は安心できなかった。キツネのことばを思い出していたのだ。手なずけられてしまったら、少し泣きたくなるものなんだ……。


語り手は、別れの時が近づいているのを予感する。水を飲むことは、新たな出発への準備だったのだろう。「胸がしめつけられる思い」「深い悲しみ」「心配だよ」「安心できなかった」と、切迫した感情の昂揚が見られ、私たち読者もいよいよ最後の時が迫っているのを感じる。井戸を探しに行くまでは「キツネの話どころじゃないんだよ」と言っていた語り手であるが、ここでは、キツネの言葉を思い出し、自分が王子さまに手なずけられてしまったことを確認するのである。「手なずける」ことは必然的に悲しい別れを伴う。私たちはすでにキツネと王子さまの別れの場面に立ち会っているが、ここでまた語り手と王子さまの別れを知ることになる。『星の王子さま』の物語は、出会いの歓び以上に別離の悲しみに浸されているのである。

第二十六章

第二十六章はもっとも長い章であり、物語はいよいよ大詰めを迎えることになる。

井戸のそばに、壊れた古い石壁があった。翌日の夕暮れ、僕が自分の仕事からもどると、僕の王子さまが壁の上に腰かけて、両足を垂らしているのが遠くから見てとれた。それから、話し声が聞こえてきた。

井戸の発見は、八日目の夜から夜通し歩き続けて、ようやく九日目の夜明けのことだった。飛行機のある場所と、井戸のある場所とは、二人が夜通し歩き続けるほどに離れているはずだ。しかし、翌日の、すなわち十日目の夕暮れには、語り手は、修理の仕事を終えたあとごく簡単に井戸のところに戻ってくる。そうすると、井戸を探し当てるまでの距離は空間的距離というより、むしろ精神的な、あるいは霊的な距離であったかもしれない。

語り手には、ヘビと話をしている王子さまの声だけが聞こえてくる。「そうだよ、砂の上のぼくの足跡がどこからはじまっているのか、きみにはわかるだろう。そこでぼくを待っていてくれればいいんだよ。ぼくは今夜、そこへ行くから」と王子さまは言う。しかし、語り手にはヘビの声は聞こえない。たとえ井戸は見えても、語り手自身は、王子さまのように不思議物語のなかの人物ではないから、ヘビの言葉を理解したりはできないのである。語り手は現実界の人間であり、やがてそこへと戻っていくのであり、彼にとっては王子さまだけが受け入れられる神秘である。

それから、しばらく間をおいて、王子さまがヘビに向かって、「きみは良い毒を持っているかい？　ぼくを長いあいだ苦しませないって、請け合えるかい？」とたずねるのが聞こえてくる。ここで王子さまは、自分の星への帰還にヘビの助力を求めるのであり、ヘビの毒がそれを可能にするだろう。

次に語り手が壁の下に目をやると、石のすき間に消えていくヘビの姿が見えて、彼は壁の上から降りてきた王子さまを腕に抱きとめる。


彼は僕に言った。

「よかったね、きみの機械に欠けていたものが見つかって。自分のところに帰ることができるんだね……」

「どうしてそれを知っているんだい！」

僕はちょうど、思いのほか自分の仕事をうまくやりとげたと、彼に報告に来たところだったのだ！

彼は、僕の質問に何も答えず、ただこう言いそえた。

「ぼくも、今日、自分のところに帰るんだ……」

それから、哀しそうに言った。

「もっと遠いんだよ……もっとむずかしいんだよ……」

僕は、何かただならぬ事態が起こっているのを感じた。幼い子どものように彼を腕に抱きしめた。それでも彼がまっすぐに深淵へとすべり落ちていくように思われて、僕には引きとめる手立てが何もなかった……。


王子さまは、これから星への帰還という困難な仕事にとりかからなければならない。彼の言葉からは、星へ還ることの歓びや、バラの花に再会することの歓びはほとんど感じられない。彼はバラに会いたくて還るのではなく、むしろバラへの責任を果たすために還るのだ。これは愛情からというより、むしろ責任感から生まれた行為のように見える。

第二章の冒頭で、語り手は「僕のエンジンの中で、何かが壊れてしまった」と述べていた。ここでは、王子さまが「よかったね、きみの機械に欠けていたものが見つかって」と言う。修理が完成したのではなく、どこかに失われていたものが再発見されたのであり、砂漠の上で王子さまと過ごした数日間がこうした発見へと語り手を導いたのである。エンジンの故障がパイロットの精神的危機を暗示していたように、この再発見は王子さまとの邂逅によって語り手がそうした危機を乗り越えたことを示している。

王子さまは、エンジンの故障が直ったことを知っているが、しかしそれはまた、別れの時が来たのを知っていることでもある。語り手が王子さまを必要としなくなったとき、彼は去っていくのだ。

「今夜で一年になるよ。ぼくの星が、一年前にぼくが落下した場所のちょうど真上にくるんだ……」

「坊や、悪い夢じゃないのかい、あのヘビの話や、今夜の約束や、星の話は……」

しかし、王子さまは僕の質問に答えず、こう言った。

「大事なもの、それは目では見えないんだ……」

「そうだとも……」

「花だって同じことなんだ。もしきみがある星に咲いている一輪の花が好きになったら、夜、空を眺めるのが楽しくなるだろう。星という星がすべて花開くんだ」

「そうだとも……」

「水だって同じことなんだ。きみがぼくに飲ませてくれた水は、滑車や綱のおかげで、まるで音楽みたいだった……覚えているだろ……あれはいい水だった」

「そうだとも……」

「きみは、夜、星を眺めるだろう。ぼくの星は小さすぎて、どこにあるのか指し示すことができない。でも、そのほうがいいんだよ。ぼくの星は、きみにとって、たくさんの星の一つになるだろう。すると、きみはすべての星を眺めるのが好きになるだろうね……星たちはみんな、きみの友だちになるんだよ。それからぼくはきみに贈り物をあげるよ……」


「今夜で一年になる」と、王子さまは言う。マリ＝アンヌ・バルベリスは、「興味深いことに、テクストの終わりで不思議物語の要素が影をひそめ、それまで物語から抹消されていた〈現実的〉な細部が蘇ってくるのだ。こうして、少年は、ここではじめて、出発以来経過した時間について語る」(Barberis, 16) と述べている。妖精物語には通常、時間の指標があちこちに示されているが、しかしそれらは修業課程や試練の期間を示すためのものだ。ところが、王子さまの時間の指標は彼の死の時を示しており、その運命的な刻限は一年前に落下した場所のちょうど真上に星が来る時なのである。

第十七章で、一年前地球に到着した王子さまは、「ぼくの星は真上にある。見てごらん……」

と言っていたが、ここでは彼の星は小さすぎて「どこにあるのか指し示すことができない」。王子さまの星は、他の星くずの中に溶け込んでしまっている。だからこそ、夜空の星のすべてが花となって咲きこぼれるのである。

そこで王子さまは、また笑った。

「ああ！　坊や、坊や、僕はその笑い声を聞くのが好きなんだ！」

「そうなんだ、これがぼくの贈り物なんだよ……それはあの水の時と同じようになるだろう……」

「どういうことなんだい？」

「人は、それぞれ違った星を持っているんだ。旅路にある人たちにとっては、星は案内人だ。ほかの人たちにとっては、それは小さな光にすぎない。また別の人たち、学者にとっては研究課題だ。ぼくが出会ったビジネスマンにとっては黄金だった。でも、それらすべての星は沈黙している。きみだけが、誰も持っていない星を持つことになるんだよ……」

「どういうことなんだい？」

「きみは夜、空を眺めるだろう。だって、星の一つにぼくが住んでいて、星の一つでぼくが笑っているからね。その時きみにとっては、星という星がみんな笑っているように見えるだろう。きみはね、笑うことのできる星を持つことになるんだよ！」

彼は、また笑った。

「きみが慰めを得る時（人はいつでも慰めを得るものだから）、きみはぼくと知り合ったことをうれしく思うだろう。きみはいつまでもぼくの友だちなんだ。ぼくと一緒に笑いたくなるだろう。そして、きみは楽しむために、時にはこんなふうに窓を開けるだろうね……すると、きみの友人たちは、空を眺めて笑うきみを見て、とても驚くことだろう。そしてきみはこう言うんだ。〈星を眺めていると、いつも笑いたくなるんだ！〉すると、彼らはきみの気が触れたと思うかもしれない。そうなると、ぼくはきみにひどいいたずらをしかけたことになってしまうね……」

彼は、また笑った。

「まるで、ぼくがきみに、星の代わりに、笑うことのできるたくさんの小さな鈴をあげたみたいになるだろうね……」


ヘビとの対話のあと、語り手の腕の中で、王子さまは最後の弁舌を振う。ここでは、王子さまが教える立場に立って語り手がそれを拝聴するという形になっており、王子さまが語っている間、語り手が発する言葉はきわめて限られている。彼はまず「そうだとも」と三度くり返して同意をあたえ、次に「どういうことなんだい」を二回くり返して問いただし、さらに「君からは離れないよ」を三回くり返して自分の強い意志を伝えるのである。

夜空の星は花開き、次には笑うのだ。そして王子さまはそれをたくさんの笑う鈴だと言う。こうして星から花へ、さらには笑う鈴へとメタファー（隠喩）は展開していく。星の一つに王子さまが住んでいると知るだけで、語り手にとっては星のすべてが花となり、笑う鈴に変貌してしまう。こうして、手なずけられた者にとっては、世界は新しい相貌のもとに立ちあらわれる。

ムリエは「この省察する子どもはほんとうに子どもなのだろうか？」と疑問をなげかけて、「トゲやバラ、キツネ、パイロットの惑星の住民の言葉についての彼の発言は、彼がむしろ教訓家 moralisateur であることを示している」（Mourier, 51）と述べている。そして教訓家としての王子さまは、この最後の長広舌で完成される。これは作者の人生訓の代弁であると言えるが、ここに感じ取れるのは、必ずしも人生訓の有効性、的確性、力強さではない。こうした教訓はすでに過去のものであり、今日においてそれが受け入れられることはなく、また未来へと開かれたものでもないように思われる。ピエール・ガスカールはこう述べている。「しかしながらこの道徳は、『人間の大地』のなかでそれが有していた抒情的性格と、『闘う操縦士』の末尾のページでそれが帯びたほとんど威嚇的な口調とを失ってしまっているのだ。（……）教訓は無駄であり、けっして聞かれることはあるまいということを知っているかのようにある種の憂愁が読み取れるのだ」（ガスカール、179）。

これは確かに作者の人生訓の代弁ではあるが、しかし、それだけではない。ここで王子さまが語り手に言っているのは、自分が地上から姿を消した後も空の星を見るたびに自分のことを思い出してほしいということだ。

ぼくは死ぬ、けれども君はぼくのことを忘れないでほしい。

くり返し王子さまが訴えているのは、このこと以外の何ものでもない。その切願が私たちの心を打つのだろう。彼は贈りものをあげるよと語り手に言うが、しかしそれは実は、王子さま自身にあたえられる贈りものでもあるだろう。それは夜空を見上げるたびに、語り手が自分のことを思い出してくれるようにとの願いなのだ。そして、この王子さまの訴えの背後に、まもなく死を覚悟して戦場へと復帰していく作者自身の声が反響しているのを感じ取ることは容易であるだろう。

そして、物語はいよいよ最終場面を迎える。私たちは王子さまの厳粛な死の現場に立ち会うことになる。夜明けに太陽とともに語り手の前にあらわれた王子さまは、九日目の夜、自分の星へと還っていくのである。


その夜、僕は、王子さまが出かけるところを見なかった。彼は、音もたてずに、そっと抜け出したのだ。僕がようやく追いついた時、彼は、意を決したように急ぎ足で歩いていた。

彼は僕にこう言っただけだ。

「ああ！　きみなの……」

それから、王子さまは僕の手を取った。けれども、彼はまた不安にかられた。

「来ちゃいけなかったのに。きみは悲しむだろう。ぼくは死んだようになってしまうけれど、でもそれはほんとうじゃない……」

第二十一章で、王子さまはすでに五千本の花に向かって、君たちのためには死ぬことができないと述べて死の予告をおこなっていた。そして、この第二十六章において死の現実性が闖入し、王子さまの死がくり返し暗示される。まず王子さまはヘビに良い毒をもっているかとたずねる。次に語り手が壁から降りた王子さまを抱きとめるとき、彼は王子さまの心臓が、まるで「空気銃で撃たれた瀕死の小鳥の心臓」みたいに打っているのを感じる。そして、王子さま自身が二回にわたって「死」という言葉を口にするのだ。彼は自分が星へ帰還するとき「少し死んだみたいになるかもしれない」と述べ、さらにもう一度「ぼくは死んだようになってしまう」と言う。しかしこの最後の場合には、「それはほんとうじゃない」と付加することを忘れない。こうして、王子さまの死が強調されながらも、そこからは現実の死にまつわる禍々しさが消されることになる。

僕は黙っていた。
「わかってくれるよね。すごく遠いんだ。ぼくはこのからだを運んで行くことができない。重すぎるんだ」
僕は黙っていた。

「でも、それは脱ぎ捨てた古い木の皮のようになるだろう。悲しくはないよ、古い皮なんて……」

僕は黙っていた。

彼は少し挫けてしまった。でも、もういちど力を奮い立たせた。

「ねえ、それはすてきだろうね。ぼくのほうでも星を眺めるからね。星という星がみんな、錆びついた滑車のある井戸のようになるだろう。星という星がみんな、ぼくに飲み水を注いでくれるだろう……」

僕は黙っていた。

「とっても楽しいだろうな！　きみは、五億もの鈴を持つことになるんだよ。ぼくは、五億もの泉を持つことになるんだよ……」

それから、彼も口をつぐんだ、なぜって彼は泣いていたのだから……。

この第二十六章において、王子さまは二度にわたって、ぼくのところはすごく「遠いんだ」と言う。遠いからこそ、そこに還るのはずっとむずかしいことであり、また遠いからこそ、重い身体を運んでいくことができないのだ。この「遠い」という表現は、すでに第十七章において、王子さまが地球の砂漠に降りたってすぐ夜空の自分の星を見上げながら、ヘビとの会話の中で「なんて遠いんだろう」と言っていたことを想起させる。しかし、この「遠い」という形容詞が、さらに第六章でも使われていたことを思い出す必要があるだろう。そこで語り手は「ところが残念なことに、フランスはあまりにも遠すぎる」と嘆いていたのだ。夕陽を眺める王子さまの憂愁に、語り手の憂国の感情が混ざり合っていた。こうして、地球と王子さまの星との間の遠い距離と、アメリカとフランスとの間のそれが重なり合う。王子さまが自分の星とそこに残してきたバラの花に思いを馳せるとき、そこに語り手さらには作者サン゠テグジュペリが、アメリカから故国フランスに向けて投げかける望郷の思いを透かし見ることは容易であるだろう。

すでに王子さまは、夜空で星が花開き、星が鈴となって笑うのだと言っていた。ここでは、さらに、星が井戸のように水を注ぐのだと言う。こうして、星のイメージはどんどん広がり豊かになっていく。

王子さまはここでも語り続けるが、語り手は沈黙したままであり、「僕は黙っていた」と四回くり返される。そして最後には、王子さまも泣きはじめて黙りこむことになる。王子さまが泣くのはこれで三回目である。物語の時間順序では、まず初めに五千本のバラを前にして泣き伏し、次に語り手と出会ってからバラとヒツジの戦争について語るときに泣いた。王子さまの涙はつねに故郷の星とバラに由来するのである。

「あそこだよ。あと一歩は、ひとりで行かせて」

王子さまは怖くなって、腰をおろした。彼はまた言った。

「ねえ……ぼくの花……ぼくは花に責任があるんだ！　それに彼女はとても弱いんだ！　それにとても純真なんだ。外界から身を守るものといっては、取るに足りない四つのトゲしかないんだよ……」

最後まで王子さまは、自分は花に責任があるのだと言う。王子さまにとって見捨ててきたことが深く悔やまれるバラ、王子さまが死をも覚悟して責任を負うことを表明するバラ、このバラは、もはや妻コンスエロや特定の女性のメタファーではないだろう。それ以上のものである。ここで問題となっているのは祖国フランスに対する責任なのだ。『星の王子さま』全編に漂う深い憂愁の影は、これが戦時の亡命の地で書かれたことと無関係ではないだろう。ルイ・アラゴンやポール・エリュアールなどの第二次大戦中の抵抗詩人たちの例にならって、サン＝テグジュペリは、バラ＝女性への愛を歌い上げると同時に、祖国への愛と責任を表明するのである。

『星の王子さま』の執筆後、彼は北アフリカ戦線に参加して、祖国のために命をなげだすことになる。ピエール・オルディオニの証言によれば、アルジェで出会ったサン＝テグジュペリは彼に、『星の王子さま』を自分の「遺書」であると考えていると述べた。「サン＝テックスは、ためらったあと、子どもたち向けの物語という外観のもとに、ただ数人の者たちだけが理解できる遺書を残すことが自分の意図であると説明する。彼の『星の王子さま』のなかには、秘教的性格とモデル小説的なところがある」（Ordioni, 641）。秘教的性格というのはこの物語の後半において次第に高まっていく神秘主義的雰囲気を指すのであろうし、またモデル小説という言葉でオルディオニが言おうとしたのは、王子さまの運命に作者のそれが託されて表現されているということであるだろう。


それ以上は立っていられなくて、僕も腰をおろした。すると彼は言ったのだ。

「さあ……これですべてだよ……」

彼はなお少しためらったが、おもむろに立ち上がった。一歩を踏みだした。僕は身動きできなかった。

王子さまのくるぶしのあたりに、黄色い閃光が走っただけだった。一瞬、彼の動きが止まった。叫び声はあげなかった。一本の木が倒れるように、静かに彼は倒れた。音もたてずに、だってそれは砂の上だったから。


王子さまの死はヘビの毒によって成就される。第十七章で、このヘビはすでに最初の出会いにおいても王子さまのくるぶしに巻き付いており、そこでは「黄金の腕輪」「月色の環」と形容されていた。ヘビはいつも不死の環のようにとぐろを巻いてあらわれる。ガストン・バシュラールが『大地と休息の夢想』において指摘しているように、「自分の尾を噛むヘビは永遠性の象徴」（バシュラール、278）である。しかし、同時に「ヘビの毒は、死そのものであり、物質化された死である（……）自分の尾を噛むヘビは、曲がった紐、単なる肉の環ではなく、生と死の物質的弁証法である」（バシュラール、279）。また、ジルベール・デュランによれば、「ヘビは先祖からの永続性の番人として、とりわけ時間についての最終的神秘である死の恐るべき番人として価値を付与されるだろう」（Durand, 368）。こうして、ヘビは永続性と死という二つの対立するものの象徴と見なされる。ここにおいても、ヘビは王子に死をもたらすと同時に永世を保証するといえる。

この王子さまの死に、作者サン゠テグジュペリの二歳下の弟フランソワの死を重ね合わせて見る人は多い。『戦う操縦士』の中で、サン゠テグジュペリは十五歳で死んだ弟を想起している。アラス上空偵察飛行中に、みずからの死を身近に感じながら、彼は死の間際の弟の言葉を思い出すのだ。「死ぬまえに兄さんと話しがしたかったんだ。ぼくはもう死ぬんだから。（……）こわがることはないんだ……ぼくは苦しくなんかない。痛くもない」（著作集2、260）というフランソワの言葉に、王子さまの言葉が響き合うように思われる。

また、この無垢な王子さまの死をキリストの最期と比較する人たちもいる。ここではブリュモンから引用しよう。「この作品におけるさまざまな要素は、キリスト教から霊感を得た特別の解釈をおこなうことを可能にする。神の子であるキリストは、〈父〉により人間たちのもとに遣わされた。そこで、聖書に書かれたとおりの道をたどるならば永遠の生命を手に入れるだろうと、彼らに告げるのである。けがれなき者、罪なき者が、〈父〉の右側に、すなわち天国に座を占めるであろう」（Brumond, 33）。

王子さまは自分の星へと還っていくが、これは通常の不思議物語とはきわめて異なった結末である。主人公が武勲や財宝と共に両親の元へ帰る、あるいは結婚して子宝に恵まれるといった幸福な大団円ではないのだ。「もしこれがほんとうの子ども向きの童話であるなら、小さい王子はあの花にふたたび会うことだろう」（ヒューリマン、87）と、ベッティーナ・ヒューリマンは述べている。ところが、子ども向きの童話でないこの物語では、王子さまが花と再会して和解し、喜び合う場面は描かれない。それに、果たして王子さまが花に再会できるかどうかも確かではない。王子さまは、地理学者からバラがはかないものだと教えられたのであり、地球に降り立ってからすでに一年が経過しているのだ。バルベリスは、こう書いている。「主人公は、自分の星へ還ったとしても、だれにも再会しないのだ。おそらくはバラにさえ再会しないかもしれない、なぜなら花というものがはかない存在であることを彼は知っているのだから」（Barbéris, 16）。王子さまは孤独なまま、孤独へと向かって去っていってしまう。ただ、語り手と、そして私たち読者に思い出だけを残して……。

第二十七章

『星の王子さま』は三つの部分から構成されている。まず第一章は語り手の六歳のときの自伝的物語、次に第二章から第二十六章までは砂漠に不時着したパイロットが王子さまに出会う神秘的な物語、そして第二十七章はこの出会いから六年後の語り手の回想である。

そうなんだ、あれから、もう六年の歳月が流れた……僕はこれまで一度だって、この話を人に語ったことはない。再会した仲間たちは、僕が生きて還れたのを見て、とても喜んでくれた。僕は悲しかったのだが、彼らにはこう言っただけだ。「疲れているんだ……」

いまでは、僕の悲しみは少しだけ慰められた。つまり……すっかり慰められたというわけではないんだ。でも、王子さまが自分の星に還ったことはよくわかっている。というのは、夜が明けると、彼のからだが見つからなかったからだ。そんなに重いからだではなかったんだ……そして、夜になると、僕は好んで星たちに耳をそば立てる。それは、さながら五億の鈴のようだ……。

語り手はここで、この話を一度も人に語ったことがないと言う。砂漠で遭難する前と同様に彼は孤独であり、王子さまの物語を伝えることのできる友人をもたない。だが、この王子さまの思い出をここで初めて語ることによって、彼の体験は語り手と読者一人ひとりが独占的に共有する体験となるのである。そのため、この章では、語り手は一貫して読者である「君たち」に直接語りかけるスタイルを取っている。語り手が慰められて、それを語ることができるようになるまでには六年の歳月を必要とした。彼の失意と悲しみはそれほどに大きかったのだ。

重い身体を運んでいくことができないと言っていたその言葉とは異なって、こうして王子さまは身体を残すことなく蜃気楼のように消えてしまう。これは語り手にとっては不思議世界の消滅を意味するのであり、彼は王子さまに関してはただ思い出だけを携えて現実世界に復帰するのだ。そして、その思い出は六年後に語られたこの絵物語の中にだけ生き続けることになるだろう。

『星の王子さま』の物語構造は次のように要約できるだろう。日常の生活空間から遠く離れた場所へと入り込んだ旅人が、そこで「異形の者」と出会い、この相手の語る物語（多くの場合それは私たちの日常を越えた世界の出来事である）の聞き手となる。次に彼は、受託したこの物語を日常世界に持ち帰り、今度は彼自身が語り手となる（物語の受託者はつねにそれを他者に伝える任務を負うのである）。王子さまは消滅してしまう。だが、パイロットは砂漠で死んではならない。彼は人間界に戻って、王子さまから受け取った彼の物語と秘儀を私たち読者に伝えなければならないのである。こうして私たちは不思議な少年の物語、そしてこの少年と語り手のあいだのつかの間であったが深い交流の物語を手に入れることになる。そして、さらに付言するならば、語り手が出会った異形の者は、とりもなおさず彼自身の少年時代である。人は他者との出会いを通じて、結局は自分自身と出会うのだ。

日常世界に復帰した語り手は、しかし、夜空を見上げて、「王子さまのために描いた口輪に」「革紐をそえるのを忘れてしまった」ことに気づき、王子さまの星で「ヒツジが花を食べてしまったかもしれない」と心配する。そうすると、鈴のように笑っていたすべての星が「涙に変わってしまう」のである。

これはもうとても不思議なことだよ。僕にとっても、同じように王子さまが好きな君たちにとっても、どこか知らない場所で、僕たちの知らないヒツジが一輪のバラを食べたか、食べなかったかで、宇宙はもう同じようには見えなくなってしまう……。

空を眺めてみたまえ。そして、こう自問してみるといい。「ヒツジは花を食べたのか、食べなかったのか？」すると、すべてが違って見えるだろう……。

そして、おとなは誰ひとりとして理解できないだろう、こうしたことがとても大事だってことを！

語り手はすでに読者を味方にして、読者もまた王子さまが好きだとの前提に立っている。そして、冒頭から何度も提示された子ども対おとなの図式が、最後にもう一度示されて、語り手と読者の共同戦線からおとなを排除してしまうのである。

このページには砂の上に倒れようとする王子さまの絵が描かれており、そして空には王子さまの星と思われる星が一つ光っている。

原文では第二十七章の次に、章番号のない断章が、少し小さな活字で印刷されている。これは、冒頭に置かれていた「レオン・ウェルトへの献辞」と同じ大きさの活字であり、行数もそれとほぼ同じである。こうして、「献辞」と章番号のない断章とが、そのあいだの第一章から第二十七章をはさみこむ形となっている。

そして、この断章の左には、前ページと同じ砂漠の景色が描かれて、そこから王子さまの姿だけが消えている。黄色だった星も色を失って、いっそう寂しげに空にかかっている。物語の冒頭に置かれた体内の見えない大蛇《ボア》と見える大蛇《ボア》の二つの絵に呼応するように、物語の終わりでは、王子さまのいる砂漠の絵と王子さまのいない砂漠の絵が掲げられる。そして、後者については、次のようなテクストが付されており、語り手は最後にもう一度、読者に語りかけるのである。

これが、僕にとって、世界でいちばん美しく、またいちばん悲しい景色なんだ。これは前のページの景色と同じものだ。でも、僕がそれをここにまた描いたのは、君たちにしっかりと見てもらうためだ。ここだよ、王子さまが地上に姿をあらわして、そして消えてしまったのは。

この景色を注意して見てほしい。もし、いつの日か、君たちがアフリカの砂漠を旅することがあれば、この場所だときちんとわかるように。そして、もし君たちがこの場所を通るようなことがあれば、お願いだから、急いで通り過ぎないで、この星の真下でしばらくとどまってほしいんだ！

そこで、ひとりの子どもが君たちのほうへやって来たら、彼が笑って、黄金色の髪をしていて、たずねかけても何も答えなかったら、それが誰だかわかるだろう。そこで、僕のお願いを聞いてほしいんだ！　こんなに悲しんでいる僕を放っておかないで。すぐ僕に手紙を書いてほしいんだ、王子さまが還って来たと……。

王子さまのいない無彩色の砂漠の絵は、語り手の心象風景でもあるだろう。砂漠で王子さまと出会った僥倖でもなく、ようやく一人の友だちを得た歓びでもなく、ただ別離の悲しみだけがいつまでも残るのだ。語り手にとって、王子さまは夜明けに陽の光とともにあらわれた。しかし、ここで、語り手が読者に求めているのは、砂漠で夜を過ごし、星の下にとどまることであり、そのとき王子さまがあらわれるかもしれない。語り手は最後にもう一度、読者である子どもたちに語りかける。作者が読者に対しておこなった「言い訳」で始まったこの本は、語り手が読者に対して求める「お願い」で終わることになる。

おわりに

一九四三年四月六日、『星の王子さま』はニューヨークで出版され、その一週間後、サン＝テグジュペリは北アフリカ戦線に復帰すべく乗船した。彼は、自分の本の成功を見ることはなかったが、カーティス・ヒチコックが作者のために特別に作らせた一冊だけをたずさえていた。この私家版が戦場での彼の最後の数か月とともにあった。彼が読むことができた『星の王子さま』はこの一冊だけだった。

『星の王子さま』を論じるときにまず最初に問題となるのは、果たしてこれは児童文学なのか、ということだろう。本書をお読みいただければ、これを児童文学として扱うことはしないというのが私たちの立場であったことはおわかりいただけると思う。児童文学者たちもこの点については頭を悩ましたようである。この本を、「児童文学史」だとか「児童文学ノート」だとかの表題のついた書物のなかで取り上げながらも、結局は、これは児童文学のなかできわめて特異な本である（ヒューリマン）とか、児童文学ではなく子ども向けに仮装したおとなのための本である（カラデック、上野瞭）と断言しているものもある。「幼い子どもに話しかけるようなおはなしの口調と、作品を読むのに要求される教育程度との間にずれがある」（カラデック、267）という指摘は妥当なものである。他方で、果たして子ども向けの本なのか、おとな向けの本なのか、それを決めがたいところにこの作品の新しさを見た人もいる。ミシェル・ケネルは、この書物が、「二つの企てを混ぜ合わせて、文学史にこれまで見られなかったタイプのエクリチュールを打ち立てたのである」（Quesnel, 18）と述べている。

合理主義の伝統をもつ国フランスでは、ジャンルとしてのファンタジーに属する作品は数少ない。ただ、砂漠の絶対的孤独のなかで飛行士が生み出した幻影としての少年は、大海原でひとりの水夫の強い思念が創り出した少女のことを思い起こさせる。それは、シュペルヴィエル『沖の少女』である。一九三一年に刊行された短編集のなかの一篇であり、大海原の上で永遠に成長できない少女が、絶対的孤独のなかで日々を過ごす。十二歳の娘を亡くした水夫は、ある日、航海の途中で、「ながいあいだ、恐ろしいほどに強く自分の娘のことを思い描いた、だが、それはこの少女にとってはとても不幸なことだった」（シュペルヴィエル、29）。一方でピーターパンのように永遠に少年のままにとどまる王子さまと、他方でいつまでも成長することなく死ぬことさえもできない少女。この二人の存在は、その不思議な透徹した悲しさで私たちの心をとらえて離さない。

最後に、『人間の大地』の末尾で語られている「虐殺されたモーツアルト」について触れておこう。一九三四年四月、サン゠テグジュペリはソビエト連邦へと向かう。夜汽車で母国へ帰るポーランドの鉱夫たちのなかに、一組の夫婦の間に眠る子どもの姿を認めた彼は、これこそ少年モーツアルトだと思う。「わたしは、そのつややかな額、その愛すべきおちょぼ口をのぞきこんだ。そして思った。これこそ音楽家の顔だ、これこそ少年モーツアルトだ、これこそ生命の美しい約束だ、と。伝説のなかの小さな王子さまたちもこの子どもとなんら変わりはなかったのだ」(著作集1、332)。だが、バラの貴重な新種を大切に育てるように、この少年モーツアルトをいつくしんで育てる庭師はいないのだ。彼は腐れ果ててしまうだろう。彼の運命は決まっているのだ。そして、サン゠テグジュペリはこのように言う。「わたしを苦しめるものは(……)あの人々ひとりひとりのなかの虐殺されたモーツアルトなのだ」

王子さまもまた地球上では長くは生きることができない。あるいは語り手や読者の思い出のなかにしか生きることができない。『星の王子さま』にあるのは、すでに失われてしまったあるいは失われつつあるものへの郷愁であり、ほろびゆくものへの挽歌であり、そして作者自身の「遺書」としての痛切なメッセージである。

モーツアルトが死の年に作曲した『魔笛』にも似て、メルヘン調の物語の背後に、死の世界から射してくる澄み切った白い光が感じられる。これは「虐殺されたモーツアルト」へのレクイエムである。

あとがき

いつの頃からか、『星の王子さま』について一冊の本を書きたいと考えるようになった。とりわけ我が国において多くの愛読者をもつこの本を、一級の文学作品として扱い、海外での研究評論を可能なかぎり参照して論じることはできないか、と考えてきた。

『カミュ「異邦人」を読む』を、ほとんど書き下ろしの形で書き上げて、自分にとっての長いあいだの宿題を終えたような気持ちになったあと、『星の王子さま』についても書けるかもしれないと思いはじめた。そんなとき、ある偶然のきっかけから、論創社からの依頼があり、本を書くということがにわかに現実のものになった。同時に、『星の王子さま』の著作権が切れるので新訳を出しませんかとの提案を受けた。こうして、かねてから構想をあたためていた著作と、思いがけなく手がけることになったこの名作の新訳という二つの仕事を平行して進めることになった。
筆者はながらくカミュ研究に携わってきた者であり、今回『星の王子さま』について一冊の本を書くにあたっては、サン゠テグジュペリ研究の第一人者である山崎庸一郎氏の仕事に負うところが大であった。山崎氏の手になる数多くの入念にしてすぐれた訳書、および日本語で書かれた『星の王子さま』関連書としては筆頭にあげるべき『星の王子さまの秘密』、それらの既刊書の存在によって私の作業が容易なものとなった。ここに記して厚くお礼申し上げたい。

三野 博司

二〇〇五年六月三〇日

参考文献

【サン＝テグジュペリの著作】
サン＝テグジュペリ著作集、みすず書房、1983―1990
第1巻　『南方郵便機』『人間の大地』山崎庸一郎訳
第2巻　『夜間飛行』『戦う操縦士』山崎庸一郎訳
第3巻　『人生に意味を』渡辺一民訳
第4巻　『母への手紙』清水茂訳、『若き日の手紙』山崎庸一郎訳
第5巻　『手帖』杉山毅訳
第6・7・8巻　『城砦』山崎庸一郎訳
第9・10・11巻　『戦時の記録』山崎庸一郎訳
別巻　『証言と批評』山崎庸一郎編・訳
Antoine de Saint-Exupéry, *Œuvres complètes I*, coll. Bibliothèque de la Pléiade, Gallimard, 1994.
Antoine de Saint-Exupéry, *Œuvres complètes II*, coll. Bibliothèque de la Pléiade, Gallimard, 1999.

【サン＝テグジュペリおよび『星の王子さま』関連書】
新井満（2000）：『星になったサン＝テグジュペリ』（文春ネスコ）
アルベレス、R－M（1970）：『サン＝テグジュペリ』（中村三郎訳、白馬書房）→Albérès
池澤夏樹（1995）：「星の王子さまへのオマージュ」（『星の王子さまへのはるかな旅』求龍堂）
稲垣直樹（1992）：『サン＝テグジュペリ』（清水書院「人と思想」）
稲垣直樹（1993）：『サドから「星の王子さま」へ：フランス小説と日本人』（丸善「丸善ライブラリー」）
岩波書店編集部編（1990）：『「星の王子さま」賛歌』（岩波書店「岩波ブックレット」）
ヴァリエール、ナタリー・デ（2000）：『「星の王子さま」の誕生』（山崎庸一郎監修、南條郁子訳、創元社「知の再発見」双書）→Vallière
ヴィレル、ジャン＝ピエール（2003）：『星の王子さま　最後の飛行』（河野万里子訳、竹書房）
上野瞭（1970）：「『星の王子さま』に関する覚書」（『わたしの児童文学ノート』理論社）
ウェブスター、ポール（1996）：『星の王子さまを探して』（長島良三訳、角川書店「角川文庫」）→Webster
エスタン、リュック（1990）：『サン＝テグジュペリの世界』（山崎庸一郎訳、岩波書店）→Estang
大岡昇平（1983, 1996）：「『星の王子さま』考」（『大岡昇平全集21』筑摩書房）
小原信（1987）：『ファンタジーの発想〜心で読む5つの物語〜』（新潮社「新潮選書」）

ガスカール、ピエール（1963）：「行動的人間が作家になるとき」（『サン＝テグジュペリ著作集、別巻、証言と批評』山崎庸一郎訳、みすず書房）
加藤恭子（1984）：『「星の王子さま」をフランス語で読む』（ＰＨＰ研究所）
加藤恭子（2000）：『「星の王子さま」をフランス語で読む』（筑摩書房「ちくま学芸文庫」1984 年版の文庫化）
狩野喜彦（2002）：『星の王子さまへの旅』（東京書籍）
ケイト、カーティス（1974）：『空を耕すひと、サン＝テグジュペリの生涯』（山崎庸一郎・渋沢彰訳、番町書房、上下二巻）→ Cate
小島俊明（1995）：『おとなのための星の王子さま：サン＝テックスを読みましたか』（近代文芸社）
小島俊明（2002）：『おとなのための星の王子さま』（筑摩書房「ちくま学芸文庫」1995 年版の増補改訂版）
サン＝テグジュペリ、コンスエロ・ド（2000）：『バラの回想』（香川由利子訳、文藝春秋社）→ Saint-Exupéry, Consuelo de
重松宗育（1988）：『星の王子さま、禅を語る』（筑摩書房）
シフ、ステイシー（1997）：『サン＝テグジュペリの生涯』（檜垣嗣子訳、新潮社）→ Schiff
塚崎幹夫（1982）：『星の王子さまの世界：読み方くらべへの招待』（中央公論社「中公新書」）
デストレム、マジャ（1976）：『サン＝テグジュペリ』（伊地智均訳、評論社「カラー版　世界の文豪叢

書」）→Destrem
寺山修司（1969）：「便所の中の星の王子さま」（『ぼくが戦争に行くとき』読売新聞社）
ドゥヴォー、アンドレ（1973）：『サン＝テグジュペリ』（渡辺義愛訳、ヨルダン社「作家と人間叢書」）→Devaux
鳥取絹子（2000）：『大人のための星の王子さま』（ＫＫベストセラーズ）
ドランジュ、ルネ（1963）：『サン＝テグジュペリの生涯』（山口三夫訳、みすず書房「サン＝テグジュペリ著作集旧版別巻」）
内藤濯（1968）：『星の王子とわたし』（文芸春秋社）
中上健次（1966, 1996）：「星の王子さま」（『中上健次全集14』集英社）
畑山博（1997）：『サン＝テグジュペリの宇宙：「星の王子さま」とともに消えた詩人』（ＰＨＰ研究所「ＰＨＰ新書」）
フィリップス、ジョン（1994）：『永遠の星の王子さま』（山崎庸一郎訳、みすず書房）
フランツ、Ｍ－Ｌ・フォン（1982）：『永遠の少年：「星の王子さま」の深層』（松代洋一・椎名恵子訳、紀伊国屋書店）
プロット、ルドルフ（1994）：『星の王子さまの心　白血病で逝った青年との対話』（パロル舎）
プロット、ルドルフ（1996）：『「星の王子さま」と聖書』（パロル舎）
プロット、ルドルフ（2000）：『星の王子さまと「心のきょう育」』（パロル舎）

プロット、ルドルフ（2002）：『「星の王子さま」と永遠の喜び』（パロル舎）
松澤茂（1982）：『「星の王子さま」について』（岩波ブックセンター信山社）
水本弘文（2002）：『「星の王子さま」の見えない世界』（大学教育出版）
三田誠広（2000）：『星の王子さまの恋愛論』（日本経済出版社）
宮田光雄（1995）：『大切なものは目に見えない：「星の王子さま」を読む』（岩波書店「岩波ブックレット」）
柳沢淑枝（2000）：『こころで読む「星の王子さま」』（成甲書房）
矢幡洋（1995）：『「星の王子さま」の心理学：永遠の少年か、中心気質者か』（大和書房）
山崎庸一郎（1971）：『サン＝テグジュペリの生涯』（新潮社「新潮選書」）
山崎庸一郎（1973）：『人生の知恵　サン＝テグジュペリの言葉』（彌生書房）
山崎庸一郎（1984）：『星の王子さまの秘密』（彌生書房）
山崎庸一郎監修／文・小野規写真（1995）：『星の王子さまのはるかな旅』（求龍堂「求龍堂グラフィックス」）
山崎庸一郎監修（1998）：『CD－ROM　星の王子さま』（岩波書店）
山崎庸一郎（2000）：『「星の王子さま」のひと』（新潮社「新潮文庫」、『サン＝テグジュペリの生涯』（1971）の文庫化）
山本武信（2000）：『星の王子さまからの警鐘』（共同通信社）

横山三四郎（1998）：『サン゠テグジュペリ：「星の王子さま」の作者』（講談社「講談社火の鳥伝記文庫」）
吉田浩（2001）：『「星の王子さま」の謎が解けた』（二見書房）
ロワ、ジュール（1969）：『サン゠テグジュペリ、愛と死』（山崎庸一郎訳、晶文社）→ Roy
渡辺健一（2000）：『星の王子さまの幸福論』（扶桑社）

Albérès, R.-M. (1961) : *Saint-Exupéry,* Albin Michel. → アルベレス
Autrand, Michel (1999) : «Notice du Petit Prince», in Antoine de Saint-Exupéry, *Œuvres complètes II,* coll. Bibliothèque de la Pléiade, Gallimard.
Barbéris, Marie-Anne (1976) : *Le Petit Prince de Saint-Exupéry,* Larousse.
Biagioli, Nicole (2001) : «Le Dialogue avec l'enfance dans *Le Petit Prince*», in G. Le Hir (dir.), *Antoine de Saint-Exupéry,* Université Laval.
Brumond, Maryse (2000) : *Le Petit Prince, Saint-Exupéry,* Bertrand-Lacoste.
Cate, Curtis (1970) : *Antoine de Saint-Exupéry,* Heinemann. → ケイト
Chevrier, Pierre (1949) : *Antoine de Saint-Exupéry,* Gallimard.
Destrem, Maja (1974) : *Saint-Exupéry,* Editions Paris-Match, «Coll. Les Géants» → デストレム
Devaux, André-A. (1994) : *Saint-Exupéry et Dieu,* Desclée de Brouwer. → ドゥボー

Drewermann, Eugen (1992) : *L'essentiel est invisible : une lecture psychanalytique du Petit Prince,* traduit de l'allemand par Jean-Pierre Bagot, Editions du Cerf.

Estang, Luc (1989) : *Saint-Exupéry,* Seuil. → エスタン

Guillot, Renée-Paule (2002) : *Saint-Exupéry,* L'Homme du silence, Dervy.

Hendrick, J.-J., (1960) : «L'Enigmatique Petit Prince», in *Nouvelle Revue pédagogique,* vol 16, pp.15-24.

Higgins, James E. (1996) : *The Little Prince, A Reverie of Substance,* Twayne Publishers.

Le Hir, Geneviève (2002) : *Saint-Exupéry ou la force des images,* Edition Imago.

Le Hir, Yves (1954) : *Fantaisie et mystique dans le Petit Prince de Saint-Exupéry,* Nizet.

Lhospice, Michel (1994) : *Saint-Exupéry, le paladin du ciel,* France-Empire.

Meunier, Paul (2003) : *La Philosophie du Petit Prince ou le retour à l'essentiel,* Carte blanche.

Monin, Yves (1996) : *L'Esotérisme du Petit prince de Saint-Exupéry,* Auto-Edition.

Mourier, Anne-Isabelle (2001) : «Le Petit Prince de Saint-Exupéry : Du Conte au mythe», in G. Le Hir (dir.) , *Antoine de Saint-Exupéry,* Université Laval.

Nguyen-Van-Huy, Pierre (1995) : *Le Devenir et la conscience cosmique chez Saint-Exupéry,* The Edwin Mellen Press.

Quesnel, Michel (1993) : «Présentation du Petit Prince», in Saint-Exupéry, *Le Petit Prince,* Gallimard.

Robinson, Joy D. Marie (1984) : *Antoine de Saint-Exupéry,* Twayne.

Roy, Jules (1998) : *Saint-Exupéry*, La Renaissance du livre. → ロワ
Saint-Exupéry, Consuelo de (2000) : *Mémoire de la rose*, Plon. → サン＝テグジュペリ、コンスエロ・ド
Schiff, Stacy (1994) : *Saint-Exupéry, A Biography*, Knopf. → シフ
Vallière, Nathalie des (1998) : *Saint-Exupéry : l'archange et l'écrivain*, Gallimard → ヴァリエール
Webster, Paul (1993) : *Saint-Exupéry : vie et mort du petit prince*, traduit de l'anglais par Claudine Richetin, Editions du Felin → ウェブスター
Werth, Léon (1994) : *Saint-Exupéry tel que j'ai connu...*, Viviane Hamy.
Zeller, Renée (1961) : *La grande quête d'Antoine de Saint-Exupéry dans le Petit Prince et Citadelle*, Alsatia.

【その他】

新井政美（2001）：『トルコ近現代史』（みすず書房）
エンデ、ミヒャエル（1976）：『モモ』（大島かおり訳、岩波書店）
カイヨワ、ロジェ（1978）：『妖精物語からＳＦへ』（三好郁朗訳、サンリオ）
カラデック、フランソワ（1994）：『フランス児童文学史』（石澤小枝子監訳、青山社）
私市保彦（2001）：『フランスの子どもの本、「眠りの森の美女」から「星の王子さま」へ』（白水社）
ゴドウィン、フランシス（1998）：『月の男』（『ユートピア旅行記叢書２』所収、大西洋一訳、岩波

書店）
シヴェルブシュ・W（1988）：『闇をひらく光』（小川さくえ訳、法政大学出版局）
シュペルヴィエル（1990）：『沖の少女』（三野博司訳、社会思想社）
末松氷海子（1997）：『フランス児童文学への招待』（西村書店）
ダヴィッド、ジャン＝ピエール（1998）：『帰ってきた星の王子さま』（矢川澄子訳、メディアファクトリー）
トドロフ、ツヴェタン（1999）：『幻想文学論序説』（三好郁朗訳、東京創元社）
トールキン、J・J・R（2003）：『妖精物語について、ファンタジーの世界』（猪熊葉子訳、評論社）
モンテスキュー（1960）：『ペルシア人の手紙』（根岸国孝訳、筑摩書房「世界文学大系」）
バシュラール、ガストン（1970）：『大地と休息の夢想』（饗庭孝男訳、思潮社）
ヒューリマン、ベッティーナ（2003）：『ヨーロッパの子どもの本（下）』（野村泫訳、筑摩書店「ちくま学芸文庫」）
ルソー、ジャン＝ジャック（1966）：『人間不平等起源論』（小林善彦訳、中央公論社「世界の名著」）
Durand, Gilbert (1969) : *Les Structures anthropologiques de l'imaginaire*, Bordas.
Ordioni, Pierre (1985) : *Tout commence à Alger*, Albatros.

三野博司
1949 年，京都生まれ．京都大学卒．クレルモン＝フェラン大学博士課程修了．現在，奈良女子大学教授．
著書　《Le Silence dans l’œuvre d’Albert Camus》（Paris, Corti）『カミュ「異邦人」を読む』『カミュ，沈黙の誘惑』（以上，彩流社）．
共著　『文芸批評を学ぶ人のために』『小説のナラトロジー』（以上，世界思想社）『フランス名句辞典』（大修館書店）『新・リュミエール』（駿河台出版社）『象徴主義の光と影』（ミネルヴァ書房）他．
訳書　シュペルヴィエル『沖の少女』（社会思想社）他．

『星の王子さま』の謎
二〇〇五年九月一〇日　初版第一刷印刷
二〇〇五年九月二〇日　初版第一刷発行
著　者　三野博司
装　丁　野村　浩
発行者　森下紀夫
発行所　論創社
東京都千代田区神田神保町二―二三　北井ビル
電話〇三―三二六四―五二五四　FAX〇三―三二六四―五二三二
振替口座〇〇一六〇―一―一五五二六六
印刷・製本　中央精版印刷
ISBN4-8460-0310-8